海岱诗丛（第二辑）

诗情画意金高唐

山 东 诗 词 学 会
中共高唐县委宣传部 编
高唐县文学艺术界联合会

中国书籍出版社
China Book Press

图书在版编目（CIP）数据

诗情画意金高唐 / 山东诗词学会，中共高唐县委宣传部，高唐县文学艺术界联合会编 . -- 北京：中国书籍出版社，2022.9

（海岱诗丛 . 第二辑；10）

ISBN 978-7-5068-9178-3

Ⅰ . ①诗… Ⅱ . ①山… ②中… ③高… Ⅲ . ①诗集－中国－当代 Ⅳ . ① I227

中国版本图书馆 CIP 数据核字（2022）第 163548 号

诗情画意金高唐

山东诗词学会　中共高唐县委宣传部　高唐县文学艺术界联合会　编

策　　划	毕　磊
责任编辑	毕　磊
责任印制	孙马飞　马　芝
封面设计	庄伲伲
出版发行	中国书籍出版社
社　　址	北京市丰台区三路居路 97 号（邮编：100073）
电　　话	（010）52257143（总编室）　（010）52257153（发行部）
电子信箱	eo@chinabp.com.cn
经　　销	全国新华书店
印　　刷	山东麦德森文化传媒有限公司
开　　本	787×1092 毫米　1/16
字　　数	4600 千字
印　　张	226
版　　次	2022 年 9 月第 1 版　2022 年 9 月第 1 次印刷
书　　号	ISBN 978-7-5068-9178-3
定　　价	480.00 元（全 12 册）

版权所有，翻印必究

海岱诗丛（第二辑）
《诗情画意金高唐》编纂委员会

主　　编：赵润田
执行主编：郇德志　朱桂林
编　　辑：高怀柱　李兴来　薄慕周　崔春杰

海岱诗丛·总序

经过一番忙碌，海岱诗丛终于面世了。山东诗词学会诸位同仁推我作序，欣欣然而从命。

海岱者，山东之谓也。这套丛书收录的是当下山东诗人及诗词爱好者刚刚创作的诗、词、曲、赋，花开千树，清露未晞，芳香浓郁。丛书出全，约费五年之功，达百册之巨，规模可类《全唐诗》，是新时代山东诗词创作的盛大检阅，亦是齐鲁诗坛俊逸之才的精彩展示。

山东地处黄河下游，历史悠久，文化厚重。在这片英雄的土地上，我们的先人创造了源远流长、光辉灿烂的文化。就诗词而言，从孔夫子删编《诗经》算起，两千多年来，历代诗人词家灿若群星，名篇佳作难以胜数，尤其出了刘桢、王粲、李清照、辛弃疾、张养浩、王禹偁、晁补之、李攀龙、谢榛、王士禛等宗师大家，皎如日月，彪炳诗坛。时至今日，齐鲁大地诗风甚盛。嘉节吉时，常见诗人雅会，乡镇社区，时闻吟诵之声，年无分长幼，皆以习诗为雅、能诗为荣。尤其近年党中央倡导弘扬中华优秀传统文化，诗词事业更得浩荡东风，千帆竞发，百舸争流，蓬蓬勃勃，一派兴盛气象。

山东诗词学会，成立于一九八四年，是在省民政厅注册登记的民间社团组织，隶属于省政协办公厅，以推动诗词繁荣为宗旨。面对先贤昔日辉煌，面对时代强力呼唤，面对文朋诗友殷切期待，二○一九年四月，全省第四次会员代表大会提出，以习近平新时代中国特色社会主义思想为指导，团结奋斗，扎实工作，推动山东诗词事业持续健康发展，力争早日使山东诗词整体水平，与山东人口大省、文化大省、诗词大省的地位相匹配，与山东在全国经济社会格局中的地位相匹配，为实现省委、省政府提出的"走在前列，全面开创"的总体要求、为建设现代化强省贡献力量。围绕落实既定目标，于是就有了"六个一"活动，包括有了这套海岱诗丛。

所谓"六个一"活动，是省学会与县市区优势互补、互利共赢、联手推动诗词发展的一种合作模式。具体做法是，由县市区负担所需经费、组织人员、提供场地，而省学会在一年内为其提供六项服务。包括在该县市区举办一次高端诗词培训，邀请一批省内外著名诗词专家讲座，与文朋诗友面对面切磋指导；组织著名诗人进行一次采风活动，创作诗词曲赋，赞美该区域悠久历史、著名景点、淳厚风情；组织一次诗词有奖征文比赛，巩固培训成果，让风人骚客同场竞技、展示才华；策划一次集中宣传报道，在省以上报刊网站，全面推介该县区发展成就、经济优势、文旅特色、典型经验；正式出版一册诗集，汇纳该区域优秀诗作，展示诸位诗友胸襟才情，反映独特社会风貌；收集一套涵盖该县区历代诗人诗作资料，从先秦至民国，应收尽收，由省学会汇总编入《山东诗藏》，以资后世学习研究之用。

作为丛书，作者众，诗作多，规模大，则长短兼具，瑕瑜互见。优势在于，覆盖面大，代表性强，品类齐全，美不胜收。其中既有抗洪抗疫之时代强音，犹如黄钟大吕，振聋发聩，也有城乡工农之平凡生活，寓目辄书，情趣横生；既有春花秋月夏云冬雪传统美境，也有高铁航天手机网络现代意象。春兰秋菊，各擅胜场，慢慢品酌，各有妙处。正如一滴水可以折射太阳的光辉，当连续吟诵、沉湎欣赏，慨叹时代生活的丰富繁华，感受诗人词家的情感激荡之外，可以体悟各种抒发背后的骄傲与自信、悠闲与满足、宽容与厚重、开放与张扬，这些都是经历过大起大落、处在奋发向上环境中所特有的。它充满生机活力，属于我们这个特定时代。

丛书之长，恰恰亦为其短。诗坛耆老味道醇美之作，只是一类，书中还确有些初窥门径，几近处女之作，犹之孩童蹒跚学步，其作品稚嫩一目了然，此类作品在书中占有一定比重。省学会已注意到这个问题。非不为也，实不能也。要提高其质量，并非一日之功，而省学会精锐饱学之士也为数非多，难以具体指导，况且时间也不允许。面对这种境况，只要政治立场、情感基调无大偏差，格律说得过去，我们就放行录入。这就使得该书诗作参差不齐，确有个别作品可能难入法眼，只能请方家以允许百花齐放之博大胸襟，予以包容。然而依我浅见，对初学之人、年轻后辈，也未可小觑。一番勤学善思，"干之以风力，润之以丹彩"，有佼佼者成长为辛、李大家，也未可知。毕竟世间无奇不有，万事皆有可能！

相对既定目标，当前所为，不过刚刚开端，展望今后，任重而道远。但既然走出第一步，有了决心、行动、典型和经验，达成既定目标便没有任何游移和悬念。可以设想，五年又或六年，当所有计划项目都事功圆满之后，山东大地，会有更多的人喜欢诗词、吟诵诗词，创作诗词，诗词大军更加宏大而严整；海岱诗坛，会有更多精品力作，如泉喷涌，万紫千红，新干老枝愈益果实累累。那时，回望今日，我们会为自己做了正确而大有价值之事，而感到骄傲和自豪。

是为序。

赵润田

二〇二二年八月

《诗情画意金高唐》序

　　高唐县是文化部命名的首批"中国书画艺术之乡"。隶属山东省聊城市，居鲁西平原，南倚江北水城，东连泉城碧水，西望燕赵大地，面积960平方公里，人口50余万众，交通便利，产业发达，设施完善，环境优美。清代诗人查慎行《过高唐》诗曰："晨遮初旭暮斜阳，万树交阴午亦凉。过此令人忘六月，小车欹枕梦高唐。"

　　千年古州，历史悠久，秀美宜居，文化灿烂。战国时期齐盼子墓、三国时期华歆墓、东魏时期房公墓、宋代兴国寺塔、清初文昌宫大成殿等保护较为完整，具有较高的文化价值。按《水浒》传说复建的柴府花园、三眼井、李逵井再现了宋代古建筑群的风采。李苦禅艺术馆、孙大石美术馆、李奇茂美术馆藏画丰富，文物荟萃，精品纷呈，是国内一流的艺术馆，为县城增添了独具魅力的书画文化内涵。

　　黄河文化，浇灌孕育，钟灵毓秀，人才辈出。东汉鲁相乙瑛，三国魏相华歆，唐代著名哲学家、音乐家吕才，金朝状元闫咏，元代中书左丞王懋德，清代三省总督朱昌祚等历史名人就诞生在高唐。春秋歌唱家绵驹，经典作品受到孔子褒扬，收入《诗经》，堪当春秋时期的"音神"。亦有当代国画大师李苦禅，归国华侨山水画大师孙大石，西域画派创始人谢家道，学者画家李燕，著名作家、军旅画家韩静霆，新中国第一个文学博士王富仁等都是高唐文化艺术的杰出代表。历代诗词书画大家留传下许多经典文作，成为一笔宝贵的文化遗产，泽被后世，影响深远。

功崇惟志，业广惟勤。社会主义现代化强国建设新的征程已经开启。县委、县政府提出了"加速崛起，再塑辉煌"的目标定位，并进而实施了文化名城建设攻坚突破，掀开了高唐县文化建设的崭新篇章。新时代呼唤更多杰出的诗人、文学家、艺术家，为时代放歌，为家乡代言。

由山东省诗词学会、高唐县委宣传部、高唐县文联联合推出的《诗情画意金高唐》诗集的出版，适逢其时。诗集以诗歌为高唐代言，为发展呐喊，以期浸润人心、成风化人、凝心聚力，携手书写新时代高唐华章。省诗词学会组织了赴高唐的采风活动，众多省诗词大家饱蘸情怀之笔，尽舒诗画交融金质高唐，留下了一批意蕴隽永的诗词新篇。同时，我们还组织筛选了当地作协及诗词爱好者成色较足的诗篇，编辑成册。由于我们水平所限，难免心中忐忑，恰似"丑媳妇怕见公婆"的胆怯，这也正是我们加强创作，提升水平的原动力。

诗集是对高唐诗词创作的一次检阅，也是新时代文艺创作的新起点，更是以文化人推进大宣传的新实践。希望更多的高唐文人站在新的历史起点上，高举习近平新时代中国特色社会主义思想伟大旗帜，以丰富高唐文化内涵，展示人文精神，擦亮书画文化名城金字招牌为己任，以新时代的"风雅颂"书写人民对美好生活的向往和追求，激发人们向上向善的澎湃激情，为高唐"加速崛起，再塑辉煌"增添文化助力。

中共高唐县委宣传部　高唐县文联

二〇二二年九月

目 录

◎ 海岱诗丛·总序

◎《诗情画意金高唐》序

第一辑　高唐研学采风作品

王志静 ·· 01
　　李奇茂画馆有感 ·· 01

兰　辛 ·· 01
　　高唐三十里铺游感 ·· 01
　　访双海湖书画小镇 ·· 01
　　参观李奇茂美术馆 ·· 02

李光信 ·· 02
　　访高唐时风集团 ·· 02
　　高唐锦鲤小镇观鱼 ·· 02
　　李奇茂先生绘福神钟馗像（新韵）················· 02
　　吟柴进 ·· 03

李新华 ·· 03
　　高唐行吟（二首）·· 03

杨守森	03
夜游双海湖	03
郝铁柱	04
高唐行吟	04
访孙瑛先生故居（新韵）	04
耿建华	04
访时风集团（新韵）	04
访高唐（新韵）	05
访李奇庄（新韵）	05
高凤梅	05
见河涯孙庄农民写意画有作	05
参观李苦禅画馆有感（新韵）	05
访河涯孙庄有作（新韵）	05
沁园春·高唐三十里铺镇采风有作	06
高淑红	06
第十届民族百花奖暨高唐书画展感怀	06
曹辛华	06
高唐行吟（四首）	06
崔春杰	07
贺高唐诗词研学班开班	07
颂高唐诗词文化	07
高唐文庙	07
鱼丘夜景	07
为耿建华教授晚霞照配诗	08
阎兆万	08
题时风巨型轮胎	08

谒孙大石像 ································ 08
韩风顺 ······································· 08
　　寻梦南湖 ································ 08
谢玉萍 ······································· 08
　　锦鲤小镇 ································ 08
　　麦秆书画 ································ 09
　　有机农业基地 ···························· 09
　　过孙大石故居 ···························· 09
　　鹧鸪天·参观李苦禅美术馆并访先生故居 ···· 09

第二辑 "高唐力量"征稿和获奖作品

于志亮 ······································· 10
　　少年游·过鱼丘湖 ························ 10
于志超 ······································· 10
　　庚子秋初游高唐印象 ······················ 10
于明华 ······································· 11
　　咏国画之乡 ······························ 11
　　鱼丘湖觅景 ······························ 11
王　君 ······································· 11
　　荷　池 ·································· 11
王　彧 ······································· 11
　　走进高唐（新韵）（三等奖） ·············· 11
王　强 ······································· 12
　　高唐闲吟（三等奖） ······················ 12
　　夏日咏怀 ································ 12

03

金城西路紫叶李	12
行经双海湖	12
春　雪	13
年三十	13
腊月初九日抒怀	13
鱼丘未雪	13
贺高唐县授予中国楹联文化县	14

王　鹏 ……………………………………………………………… 14

星辰欲曙百年筹	14
南乡子（新韵）	14
醉花阴辞·语高唐	15

王子梅 …………………………………………………………… 15

鹊桥仙·游柴府花园有感	15
苏幕遮·龙启山夏转秋	15
点绛唇·东岳泰山	15
鹊桥仙·唐槐宋塔彼岸花	16
点绛唇·大觉红尘路	16
鹊桥仙·文公槐	16
点绛唇·双海湖秋思	17
点绛唇·乡愁萧瑟	17
鹊桥仙·星枕明月	17
湖舟唱晚	17

王凤兰 …………………………………………………………… 17

风雨丽人	17
喜迎新春	18
伏夏寻凉	18

  飞花入尘 …………………………………… 18

  梅雪乡愁 …………………………………… 18

  四湖冬夜 …………………………………… 19

  天涯故里 …………………………………… 19

  冬至岁感 …………………………………… 19

  红梅傲雪 …………………………………… 19

  梅恋雪 ……………………………………… 19

王风贞 …………………………………………… 20

  月照乡愁 …………………………………… 20

  韵醉古城 …………………………………… 20

  人　生 ……………………………………… 20

  诗词岁月 …………………………………… 20

  金城冬色 …………………………………… 20

  书香润心 …………………………………… 21

  高唐冬韵 …………………………………… 21

  万里长城 …………………………………… 21

王风来 …………………………………………… 21

  人生交响曲 ………………………………… 21

  岁月如歌 …………………………………… 21

  颂音神绵驹 ………………………………… 22

  百年征程 …………………………………… 22

  百年傲骨 …………………………………… 22

  百年英豪 …………………………………… 22

  百年德望 …………………………………… 23

  大美高唐书画乡 …………………………… 23

  笑对人生 …………………………………… 23

文韬武略 …………………………………………… 23

王凤英

春风丽影 …………………………………………… 23

雪恋梅香 …………………………………………… 24

不忘初心 …………………………………………… 24

柴府怀古 …………………………………………… 24

华夏大同 …………………………………………… 24

鹧鸪天·山东名胜 ………………………………… 25

如画四季 …………………………………………… 25

王凤荣

田野芬芳 …………………………………………… 25

道法自然 …………………………………………… 25

如仙美景 …………………………………………… 25

德济苍生 …………………………………………… 26

金城古韵 …………………………………………… 26

诗词传家 …………………………………………… 26

故乡恋曲 …………………………………………… 26

砥砺岁月 …………………………………………… 27

王风路

飒爽清幽森林游 …………………………………… 27

烟雨霞虹 …………………………………………… 27

烟雨古愁 …………………………………………… 28

枫林炫彩 …………………………………………… 28

秋韵如画龙启山 …………………………………… 28

万紫千红 …………………………………………… 28

嫦娥玉带揽月 ……………………………………… 29

南京公祭	29
枫红花香	29

王华玲 … 29

诗暖寒冬	29
相思无期	30
乡愁情缘	30
同窗文缘	30
沁园春·脱贫奔小康	31
两同心·河南抗洪	31
点绛唇·倡节俭	31
点绛唇·庆丰收	32
鹊桥仙·反浪费	32

王纪强 … 32

临江仙·琉璃寺烈士陵园沉思	32
鱼丘湖走笔	32

王志刚 … 33

高唐文庙（李苦禅少年读书处）感怀（三等奖）	33

王克华 … 33

寄语高唐	33

王振军 … 33

鹊桥仙·酒醉愁销	33
渔家傲·月照两岸	33
点绛唇·珍惜时光	34
东岳泰山	34
对　酒	34
似水流年	34

王道君 ……………………………………………………………………… 35
　　高唐腾飞 ………………………………………………………………… 35
　　高唐赞歌 ………………………………………………………………… 35
王德禄 ……………………………………………………………………… 35
　　春雨（二等奖） ………………………………………………………… 35
　　将军翰墨情 ……………………………………………………………… 35
　　建党百年咏 ……………………………………………………………… 35
　　西江月·春信 …………………………………………………………… 36
　　喝火令·咏春曲 ………………………………………………………… 36
　　鹊桥仙·鱼丘倩影 ……………………………………………………… 36
　　寒　雨 …………………………………………………………………… 36
　　残雪吟 …………………………………………………………………… 36
　　雪中菊韵 ………………………………………………………………… 37
　　喝火令·诗乡梦 ………………………………………………………… 37
云　刚 ……………………………………………………………………… 37
　　文化名城秀美高唐（三等奖） ………………………………………… 37
卢旭逢 ……………………………………………………………………… 39
　　武陵春·赞高唐 ………………………………………………………… 39
叶兆辉 ……………………………………………………………………… 39
　　游高唐县 ………………………………………………………………… 39
田　鑫 ……………………………………………………………………… 39
　　高唐县赋（一等奖） …………………………………………………… 39
邢邦慧 ……………………………………………………………………… 41
　　高唐赋（二等奖） ……………………………………………………… 41
　　临江仙·鱼丘春日唱晚 ………………………………………………… 42

电力工人赞 …………………………………… 42
朱海舟 …………………………………………… 42
　　观双拥馆有感并序 …………………………… 42
　　热血军魂 ……………………………………… 43
　　致敬老兵 ……………………………………… 43
　　赞徐洪才 ……………………………………… 43
刘　霞 …………………………………………… 43
　　忆江南·春水（三等奖） …………………… 43
　　苏幕遮·赞高唐救援队 ……………………… 44
　　醉太平·徒骇河上白鹭飞 …………………… 44
　　西江月·游太平山 …………………………… 44
　　生查子·中秋感怀 …………………………… 44
　　醉太平·中秋月明 …………………………… 44
　　谒金门·秋愁 ………………………………… 44
　　明月逐人来·明月天涯 ……………………… 45
　　雪花飞·听雪 ………………………………… 45
　　行香子·灯拢清愁 …………………………… 45
刘文才 …………………………………………… 45
　　月下看高唐古城墙（一等奖） ……………… 45
　　赞高唐战胜新冠疫病 ………………………… 45
　　念革命志士 …………………………………… 46
　　春归故乡 ……………………………………… 46
　　初春踏青 ……………………………………… 46
　　夏日游双海湖 ………………………………… 46
　　纪念建党一百周年 …………………………… 47
　　拜谒华歆墓 …………………………………… 47

运河两岸秋晨 ……………………………………………… 47
早春高唐 …………………………………………………… 48

刘立祥………………………………………………………… 48
第十届民族百花奖感怀（三等奖）……………………… 48
赞杜立芝 …………………………………………………… 48
沁园春·风华金高唐 ……………………………………… 49

刘华路………………………………………………………… 49
高唐州题咏（三等奖）…………………………………… 49
高唐尺八赋 ………………………………………………… 49
鱼丘四季 …………………………………………………… 50
高唐怀古（四首）………………………………………… 50

刘灿胜………………………………………………………… 51
秋祭琉璃寺烈士陵园（新韵）…………………………… 51
赞泉林纸业（新韵）……………………………………… 51

刘雅清………………………………………………………… 51
清平乐·小满夜话（新韵）（三等奖）………………… 51
丝绸之路新景观（新韵）………………………………… 52
天地对话（新韵）………………………………………… 52
暮春盛世景 ………………………………………………… 52
清平乐·当代完美女子（新韵）………………………… 52
清平乐·大任百年（新韵）……………………………… 52
西江月·红色图腾（新韵）……………………………… 53
蝶恋花·未来会更好（新韵）…………………………… 53
蝶恋花·人民利益大于天（新韵）……………………… 53

刘增云………………………………………………………… 53
山村秋柿（三等奖）……………………………………… 53

秋　愁 ……………………………………………………… 53

　　立冬所见 …………………………………………………… 54

　　观墨宝丹青老师金鸡图而作 ……………………………… 54

　　连日阴雨初晴有感 ………………………………………… 54

　　秋暮冬初有吟 ……………………………………………… 54

孙振春 ………………………………………………………… 54

　　高唐颂 ……………………………………………………… 54

孙清祖 ………………………………………………………… 55

　　高唐礼赞 …………………………………………………… 55

　　咏高唐老豆腐 ……………………………………………… 55

　　高唐文庙赞 ………………………………………………… 55

李　朋 ………………………………………………………… 55

　　洞庭春色·党龄十秩颂 …………………………………… 55

　　脱贫攻坚战记 ……………………………………………… 56

李　勇 ………………………………………………………… 56

　　党建旧村改造有感 ………………………………………… 56

　　助农脱贫致富 ……………………………………………… 56

李红霞 ………………………………………………………… 56

　　鹧鸪天·记高唐县名胜景观 ……………………………… 56

李爱清 ………………………………………………………… 57

　　喝火令·辛丑正月初二喜雨（新韵）（一等奖）………… 57

　　沁园春·建党百年献礼（新韵）…………………………… 57

　　江城子·打卡双拥馆（新韵）……………………………… 57

　　小院榴花红 ………………………………………………… 57

　　蝶恋花·游赛石花园（新韵）……………………………… 58

　　声声慢·初冬喜雨（新韵）………………………………… 58

芒种（新韵） ·· 58
江城子·庆双节（新韵） ······························ 58

李雪亭 ·· 59
步韵忝和德禄兄《秋吟》（三等奖） ············ 59
贺国产航母山东舰入列南海 ·························· 59
建国七十周年大阅兵 ···································· 59
有感国家环保治理 ······································ 59
春　游 ·· 60
贺神舟十二发射与天宫对接天和核心舱圆满成功 ··· 60
破阵子·整军备战 ······································ 60
满庭芳·省诗词研习班在高唐 ······················ 60

李跃贤 ·· 61
沁园春·高唐巨变（三等奖） ······················ 61
鹧鸪天·赞高唐扶贫攻坚 ····························· 61
沁园春·中国共产党 100 周年颂 ···················· 61

吴成伟 ·· 61
高唐官屯村种棚户脱贫记（新韵） ················ 61

沈秀丽 ·· 62
奋进时代 ·· 62

张　鹏 ·· 62
赞高唐县脱贫干部 ······································ 62

张立芳 ·· 62
诗意高唐农家（三等奖） ····························· 62
高唐桑葚 ·· 62
高唐美丽乡村 ··· 63
感吟脱贫（新韵） ······································ 63

张秀娟 63
西江月·过高唐抒怀 63
参观高唐县厨具加工企业感赋 63

张树新 64
奋斗百年路　辉煌新时代（古风） 64
中国共产党百年庆典 65
建党百周年　高唐换新颜（古风） 66

张冠军 66
高唐河涯孙村所见 66

张效宇 67
高唐古今（三等奖） 67

张堂玉 67
庆祝中国共产党成立一百周年 67
嘉兴南湖 68

张新荣 69
走进高唐（新韵） 69

张德民 69
魅力高唐 69

陈立莲 69
高唐鱼丘湖（二等奖） 69
双海湖畔 70
夏日望湖亭 70
湖岸路灯 70
龙启山小草 70
山径桃花 71
绿丛蜜蜂 71

柴府春风 ·· 71

范黎青 ·· 71

高唐感怀 ·· 71

罗　伟 ·· 72

浪淘沙·高唐扶贫干部 ································· 72

周美栋 ·· 72

饮贯朝暮 ·· 72

立冬日（新韵） ·· 72

黄叶盈怀 ·· 72

小　雪 ··· 73

同频和鸣 ·· 73

双海湖晨练有感 ·· 73

相见欢·龙凤际会 ······································ 73

菩萨蛮·应物盈喜 ······································ 73

鹤冲天·启学 ·· 74

听雪煮茶（藏头） ···································· 74

承　洁 ·· 74

鹧鸪天·高唐纯美乡风 ······························· 74

鹧鸪天·高唐乡村新貌 ······························· 74

赵　勇 ·· 74

柴府花园 ·· 74

一剪梅·雷打雪 ··· 75

绣带儿·双拥馆 ··· 75

甘州曲·雨后 ·· 75

如梦令·鱼丘 ·· 75

天净沙·游双海 ··· 75

更漏子·三眼井 …………………………………… 75

　　鹧鸪天·雾锁鱼丘 ………………………………… 76

　　雪花飞·小雪 ……………………………………… 76

　　饮马歌·高唐妙 …………………………………… 76

赵永斌 ……………………………………………… 76

　　鱼丘湖畔赏春有感 ………………………………… 76

赵传林 ……………………………………………… 76

　　高唐景点四咏 ……………………………………… 76

　　无题自嘲 …………………………………………… 77

　　赋闲吟 ……………………………………………… 77

　　仲夏乘凉偶感 ……………………………………… 77

赵英杭 ……………………………………………… 78

　　鹧鸪天·咏高唐 …………………………………… 78

　　高唐前辛村放歌 …………………………………… 78

　　咏朱希江先生 ……………………………………… 78

耿金水 ……………………………………………… 79

　　游延安（新韵）…………………………………… 79

聂振山 ……………………………………………… 79

　　观李苦禅画感吟 …………………………………… 79

高红梅 ……………………………………………… 79

　　四湖剪影（三等奖）……………………………… 79

　　南湖行（新韵）…………………………………… 79

　　南湖夜色（新韵）………………………………… 79

　　金城彻夜火独明（新韵）………………………… 80

　　登龙启山望远 ……………………………………… 80

　　花非花（四首）…………………………………… 80

高怀柱 ··· 81
　　赞书画之乡高唐 ··· 81
　　题乡村诗书画社 ··· 81
　　游高唐书画一条街 ··· 81
高淑红 ··· 81
　　西江月·春信（三等奖） ··· 81
　　西江月·春华 ·· 82
　　点绛唇·秋结 ·· 82
　　鹊桥仙·槐色英魂 ·· 82
　　鹊桥仙·大觉寺悟空 ·· 82
　　鹊桥仙·柴府怀古 ·· 82
　　点绛唇·秋弦 ·· 83
郭小鹏 ··· 83
　　高唐印象（新韵） ·· 83
　　诗意高唐（新韵） ·· 83
郭云峰 ··· 83
　　庆祝中国共产党建党一百周年 ···································· 83
崔春青 ··· 84
　　致敬戍边英雄 ·· 84
　　赞高唐诗词传承 ·· 84
　　文房四宝 ··· 84
　　岁月诗心 ··· 85
　　苦老少年读书处 ·· 85
　　文脉相承 ··· 85
崔金栋 ··· 86
　　颂长津湖战役 ·· 86

缅怀英烈 ·· 86
　　颂抗美援朝冰雕连（新韵）···················· 86
　　保家卫国 ·· 86
　　古韵高唐 ·· 86
　　破阵子·缅英烈 ···································· 87
　　点绛唇·英杰颂 ···································· 87
　　点绛唇·梦军营 ···································· 87
　　鹊桥仙·边关月 ···································· 87
　　喝火令·疫消岁安 ································ 88

崔宝心 ·· 88
　　冰雪恋竹梅 ·· 88
　　临江仙·金城岁暖 ································ 88
　　古渡怀思 ·· 89

崔春刚 ·· 89
　　缅怀忠良 ·· 89
　　怀念故亲 ·· 89
　　侠义高唐 ·· 89
　　高唐小康 ·· 90
　　水城新韵 ·· 90
　　龙启雪霁 ·· 90
　　接福迎春 ·· 91
　　书画追梦 ·· 91
　　除夕报春 ·· 91
　　西堤寻凉 ·· 91

崔春杰 ·· 92
　　颂高唐民间文化艺术之乡（二等奖）······ 92

高唐力量 ···················· 92
　　颂高唐书画之乡 ················ 92
崔春波 ······················ 93
　　周总理逝世四十六周年纪 ············ 93
　　致敬英烈 ···················· 93
　　高唐四平调 ··················· 93
　　夏凉雅室 ···················· 94
　　秋枫怀思 ···················· 94
　　秋日茶吟 ···················· 94
　　冬夜怀远 ···················· 94
崔春辉 ······················ 95
　　齐鲁风范 ···················· 95
　　柴府咏叹 ···················· 95
　　书香生涯 ···················· 95
　　芳草相知 ···················· 95
　　风月消愁 ···················· 95
　　酒别往事 ···················· 96
　　春景入梦 ···················· 96
　　腊八接小年 ··················· 96
　　吉祥粥全 ···················· 96
崔春磊 ······················ 97
　　初梦诗心 ···················· 97
　　龙启山之春夏秋冬 ················ 97
　　夏荷风韵 ···················· 97
　　秋景如画 ···················· 97
　　冬入诗梦 ···················· 98

华夏崛起 …………………………………………… 98
鱼丘落霞 …………………………………………… 98
白鹭双飞 …………………………………………… 98
泪伤离情 …………………………………………… 98

崔晓玥 ……………………………………………………… 99
与岁月共度时光（古风）…………………………… 99
高唐雪景 …………………………………………… 99
月照丽影 …………………………………………… 99
心花芬芳 …………………………………………… 100
观《长津湖》……………………………………… 100
学海无涯 …………………………………………… 100
贺高唐被中国楹联学会授予"中国楹联文化县"称号 ……… 100

崔晓菲 ……………………………………………………… 100
青岛海滩 …………………………………………… 100
浪淘沙·新年贺岁 ………………………………… 101
辞旧迎新 …………………………………………… 101
赞时代楷模张桂梅 ………………………………… 101
南乡子·寒窑苦 …………………………………… 101
卜算子·梅雪恋 …………………………………… 101

崔晓淼 ……………………………………………………… 102
颂中国义乌 ………………………………………… 102
建党百年跨世纪（古风）………………………… 102
端午感怀念屈原（骚体）………………………… 104

崔恩泉 ……………………………………………………… 104
肝胆夙志 …………………………………………… 104
工匠精神 …………………………………………… 105

韩 萍 ·····105
南湖丽人 ·····105

韩风顺 ·····105
游双海湖（二等奖） ·····105
向阳花 ·····105
国庆颂 ·····106
习主席深入边寨关心群众喜赋 ·····106
出 征 ·····106
党旗颂（新韵） ·····106
新农村（新韵） ·····107
战台风 ·····107
清平乐·鱼丘春色 ·····107

鲁海信 ·····107
儒武高唐 ·····107
再到鱼丘湖 ·····108

路泽华 ·····108
沁园春·归途（二等奖） ·····108
游聊城九州洼月季公园（新韵） ·····108
咏竹（新韵） ·····108
游聊城植物园（新韵） ·····109
观珠港澳大桥（新韵） ·····109
痛悼袁隆平院士（新韵） ·····109
祭 母 ·····109
寒食节（新韵） ·····110
屈 原 ·····110
父亲节感怀 ·····110

蔡浩彬 110
　　沁园春·咏高唐新貌（三等奖） 110
崔春杰 111
　　高唐力量之古今赋 111

第三辑 "高唐力量"征稿新诗作品

王远静 142
　　鱼丘竹梦 142
刘心海 143
　　老家空院子 143
　　又见蝴蝶兰 144
刘华香 144
　　书画之乡的季节 144
刘全刚 146
　　回乡偶书 146
　　城乡之间 147
孙晓宇 148
　　龙启山中 148
　　双海湖密函 148
　　柴府玉兰化 149
　　春日出行 150
　　书画之乡走出自己 150
　　湖边蚂蚁 151
　　清平古城老街 151

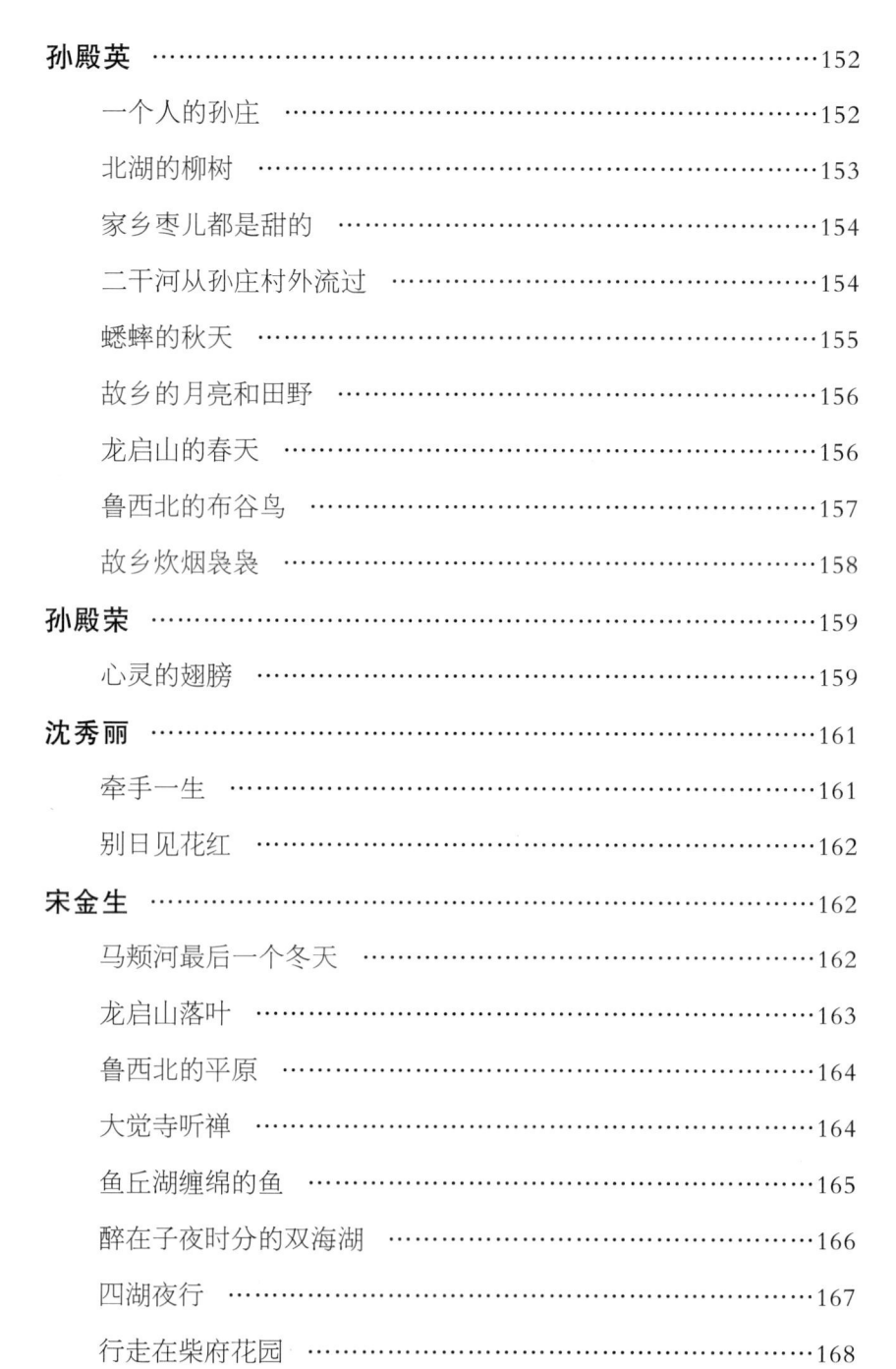

孙殿英 ·· 152
  一个人的孙庄 ···································· 152
  北湖的柳树 ······································ 153
  家乡枣儿都是甜的 ································ 154
  二干河从孙庄村外流过 ···························· 154
  蟋蟀的秋天 ······································ 155
  故乡的月亮和田野 ································ 156
  龙启山的春天 ···································· 156
  鲁西北的布谷鸟 ·································· 157
  故乡炊烟袅袅 ···································· 158

孙殿荣 ·· 159
  心灵的翅膀 ······································ 159

沈秀丽 ·· 161
  牵手一生 ·· 161
  别日见花红 ······································ 162

宋金生 ·· 162
  马颊河最后一个冬天 ······························ 162
  龙启山落叶 ······································ 163
  鲁西北的平原 ···································· 164
  大觉寺听禅 ······································ 164
  鱼丘湖缠绵的鱼 ·································· 165
  醉在子夜时分的双海湖 ···························· 166
  四湖夜行 ·· 167
  行走在柴府花园 ·································· 168
  书画之乡的色觉 ·································· 169

范连琴 ·······170
  鱼丘迎春花 ·······170
  湖岸二月草 ·······171
  三月，在鲁西平原 ·······172
  蒺藜花 ·······173
  徒骇河雨后 ·······173
  春到双海湖 ·······174
  鱼丘湖蝌蚪 ·······175
  那　时 ·······176
  菊花盏 ·······178

郭兰朵 ·······178
  幸福时刻 ·······178
  傍晚的丁香花 ·······179
  青青书带草 ·······180
  风的缘故 ·······180
  款款而来 ·······181
  值得赞美 ·······182
  夏　安 ·······182
  无酒空醉 ·······183
  九　月 ·······184

唐玉明 ·······185
  鱼丘蒹葭 ·······185
  玉带桥暮春月影 ·······185
  双海湖栀子花 ·······186
  湖岸飞蛾 ·······186
  枫林落叶 ·······187

鱼丘冬夜 ……………………………………………… 187
柴府读书 ……………………………………………… 188
大觉寺悟轮回 ………………………………………… 188

崔　哲 ……………………………………………………… 189
听妈妈讲过去的事情 ………………………………… 189
妈妈，请您原谅我 …………………………………… 190
遇见最美的春天 ……………………………………… 191
春天恋曲 ……………………………………………… 192
与卿偕老 ……………………………………………… 193
花儿为什么这样红 …………………………………… 193

崔　毅 ……………………………………………………… 194
你悄悄来过我心里 …………………………………… 194
成为自己想要的样子 ………………………………… 195

崔艺航 …………………………………………………… 197
爱有颜色 ……………………………………………… 197

崔宝心 …………………………………………………… 198
独爱诗词 ……………………………………………… 198
中学的时光 …………………………………………… 198

崔春辉 …………………………………………………… 199
党是太阳 ……………………………………………… 199

崔晓玥 …………………………………………………… 200
心灯伴我行 …………………………………………… 200

崔晓淼 …………………………………………………… 201
让诗代我去看你 ……………………………………… 201
与春天相恋 …………………………………………… 201
笔墨纸砚的情殇 ……………………………………… 202

崔益萌 ······202
　我的想法 ······202

韩　萍 ······203
　唐槐宋塔的思念 ······203
　生生不息 ······203
　云天共秋游 ······204
　与春天相约 ······205

第一辑　高唐研学采风作品

◆ 王志静

李奇茂画馆有感

纵毫泼墨蕴千奇，独爱高唐茂一枝。

伉俪情深双绮丽，鸳鸯入画碧荷诗。

◆ 兰　辛

高唐三十里铺游感

瑟瑟冽风寒，寻乡厚羽冠。

麦秸精艺湛，锦鲤恣流湍。

一碧滋阡陌，双星熠画坛。

葳蕤生沃野，虎踞戏龙盘。

访双海湖书画小镇

浩渺平湖远，枯枝老树烟。

书香弥小镇，翰墨铸华篇。

巨擘冰心鉴，龙蛟艺海旋。

德高承载厚，一味共茶禅。

参观李奇茂美术馆

双海风梳柳，长帆岸影迷。

法章常守古，自性另成蹊。

笔落雄浑意，群嘶激奋蹄。

一生瀛岛客，日暮凤凰栖。

◆ 李光信

访高唐时风集团

鲁地高唐古，时风占首机。

厂区开渐次，器械列阵围。

车好行天下，德高赢客归。

竿头百尺少，更进一步飞。

高唐锦鲤小镇观鱼

小镇池塘南北绿，锦鲤纹体绮霞开。

游鱼自古吉祥物，百姓欢欣好运来。

李奇茂先生绘福神钟馗像（新韵）

手提三尺龙泉剑，快意独行轻路遥。

除尽人间妖与怪，赐福百姓乐淘淘。

吟柴进

柴府花园何所在？高唐州里有鱼丘。

斜阳草树琉璃瓦，绿水青烟五彩楼。

常慕祖先登帝位，欲结豪士显风流。

丹书铁券不能保，还向梁山道上谋。

◆ 李新华

高唐行吟（二首）

新　貌

东昌归来话高唐，碧水连波锦鲤王。

翠绿鲜蔬攀棚架，时风巧换新戎装。

丹青书墨秀芙蓉，诗苑入魂透芬芳。

虽近寒冬添玉彩，龙腾鱼丘迎曙光。

柴　府

墙高院深静悠然，曲径幽廊别洞天。

庭门居客马踏宇，宅归旧朋夫更欢。

棍量英雄九纹龙，斧挥江湖显黑汉。

柴府风云卷北宋，一部水浒写梁山。

◆ 杨守秋

夜游双海湖

柳丝轻荡夜朦朦，漫步湖边月当空。

双海联翩星汉舞，一桥飞架玉龙腾。

李逵井绕梁山雾，柴府门吹宋代风。

水浒英雄潇洒去，常留豪气高唐城。

◆ 郝铁柱

高唐行吟

枕玉鲁风福胜地，诗情画意赋高唐。

鱼丘锦鲤入佳境，客日彩云归故乡。

双海湖山映堂馆，千秋琼树闪星光。

龙吟虎啸新时代，紫气东来凝瑞香。

注：颔联意为高唐古称鱼丘，隋朝源生锦鲤，后被日本承传，今高唐独秀锦鲤公司实行规模经营，壮观且志存高远。

访孙瑛先生故居（新韵）

海归落叶如君愿，今访家宅丽日天。

忆举省城书画展，音容笑貌靓庭前。

注：1993年，在省政协接待全国政协委员孙瑛先生，并在山东书画院举办书画展及联系回乡事宜。

◆ 耿建华

访时风集团（新韵）

隆冬季月访时风，宏阔厂区气势雄。

数码机床光照眼，鲜红标语热盈胸。

新车列队思耕野，钢架擎高欲伴星。

转换动能方奋进，五洲大道任驰行。

访高唐（新韵）

因读水浒梦高唐，沃土长河化热肠。
美酒燃情铺彩绣，锦鱼耀目焕华章。
时风上路通天下，巨匠挥毫振冀方。
摹画还凭高视眼，无穷创力遍诗乡。

访李奇庄（新韵）

一方热土育高贤，走巷盘街忆苦禅。
大笔传神鹰奋翅，罡风骁气壮河山。

◆ 高凤梅

见河涯孙庄农民写意画有作

路转溪桥风景异，等闲院落见烟霞。
锄禾之手堪挥墨，丘壑于胸比大家。

参观李苦禅画馆有感（新韵）

鹰瞻千里待抟翱，松壑回风听碧涛。
出水荷花红映日，人格更比画格高。

访河涯孙庄有作（新韵）

村庄负盛名，老少擅丹青。
秸画心中意，根雕物外情。
泥捏人俊逸，纸剪雀嘤鸣。
志趣存高雅，农家向景行。

沁园春·高唐三十里铺镇采风有作

小镇依河，款步徐行，枝上雀鸣。访大师展馆，淋漓水墨；农家院落，窈窕丹青。纸剪春光，根雕古色，秸画鸡禽宛若生。频经眼，叹金城深处，毓秀钟灵。　　池中锦鲤如迎，见游客前来亦不惊。望平畴沃野，麦苗期雪；大棚温室，瓜瓠悬藤。纵有其成，物殷俗阜，创异标新梦未停。千里志，看风鹏正举，发轫云程。

◆ 高淑红

第十届民族百花奖暨高唐书画展感怀

金秋民族百花奖，绽放高唐书画乡。
灵地大师真迹展，苦禅故里美名香。
挥毫泼墨兰亭会，神笔丹青学府扬。
名作纷呈山水颂，英贤齐聚耀星光。

◆ 曹辛华

高唐行吟（四首）

一

又御时风到梦乡，高唐依旧著新装。
寻回那日同行印，化验才知富贵方。

二

多情尺素锦鲤藏，误落当年月下塘。
竟产鱼苗千亿尾，封封写满富安康。

三

谁伸手掌画蓝天，苍狗青牛美女牵。
牵到庄前谁叫苦，茶余饭后且参禅。

四

高唐定非彼高唐，子建才高斗怎量。
但有洛神辞赋炫，宋玉多情莫上场。

◆ 崔春杰

贺高唐诗词研学班开班

诗耀高唐迎众仙，词邀书画舞翩跹。
万方仪态传神韵，化作云霞映满天。

颂高唐诗词文化

书画之乡飘律韵，满怀平仄印乾坤；
诗词文化金光闪，从古至今彰国魂。

高唐文庙

齐鲁文昌根叶茂，中华自古领风骚。
诗书文化传家宝，万世流芳扬国豪。

鱼丘夜景

微风吹荡四湖波，玉带桥头灯晕多。
穿洞彩霞迎伉俪，照人明月伴嫦娥，
水湄雾薄成朝露，锦鲤情深恋旧歌。
夜景霓虹光似雪，满船清梦压星河。

为耿建华教授晚霞照配诗

词舞高唐迎众仙,诗歌声里韵翩跹。

夕阳点点如红豆,已把相思写满天。

◆ 阎兆万

题时风巨型轮胎

龙卧时来醒,行驰唱大风。

踏平千险阻,凭信敢称雄。

谒孙大石像

天惊非石破,化墨泼丹青。

国画开新派,兰魂万古馨。

◆ 韩风顺

寻梦南湖

美景迷人双目收,满湖绿水泛金秋。

芦花暗暗朝阳恋,垂柳依依游客留。

万道霞光披古寺,一帘虹影绕轻舟。

闲来半日心情爽,寻梦南湖乐不休。

◆ 谢玉萍

锦鲤小镇

小镇初临雪意浓,风中锦鲤却从容。

朦胧恍入江南地,暖了身心暖了冬。

麦秆书画

秋收麦草弃当门,妙手拈来便有魂。

漂烫拼连成上品,一书一画一乾坤。

有机农业基地

深冬不见雪花魂,原是春风早进门。

信手搴来瓜与果,儿时味道又重温。

过孙大石故居

河畔村庄小,声名天下扬。

书香气浓郁,文艺范非常。

遗墨存风骨,捐资助学堂。

大师虽已去,桃李正芬芳。

鹧鸪天·参观李苦禅美术馆并访先生故居

久慕大师有盛名,今朝得幸拜先生。馆藏书画千秋法,故里人文天下倾。　观墨迹,览风情,流连脚步几回停。轻轻合什心潮按,回首犹闻花鸟声。

第二辑 "高唐力量"征稿和获奖作品

◆ 于志亮

少年游·过鱼丘湖

云开双镜水横舟。载酒过鱼丘。城喧柳外,烟尘波底,平酿满湖幽。　短桥三步分今古,风老井边秋。英雄何处,义王府里,再饮一杯不?

注:"短桥三步分今古,风老井边秋",沿曲径,过小桥即可步入东湖柴府花园,园南有李逵井。

◆ 于志超

庚子秋初游高唐印象

百里平畴木叶香,栝楼攀架望高唐。
逍遥雁旅追云朵,交错川流织画廊。
古道长亭成记忆,皇城柴府有评章。
鱼丘湖色清如许,嫁与东风看凤翔。

◆ 于明华

咏国画之乡

名师故里话高唐，笔运丹青逸彩扬。

柳荡丘湖丰岸翠，花开柴府满园香。

苦禅写意生云鸟，大石怀山画水乡。

比艺登峰皆有韵，卷留后世绮情长。

鱼丘湖觅景

暖风吹拂碧波粼，最美湖光绚仲春。

游蝶相嬉繁朵绽，垂竿欲钓惬情呻。

欣看纸鹞飞天际，专注童儿放线轮。

此景让君欢意切，留来妙墨赠乡亲。

◆ 王　君

荷　池

翠盖遮鱼护戏蛙，白莲出水披玉沙。

幽香缥缈随风远，恬静清奇藏藕瓜！

◆ 王　彧

走进高唐（新韵）（三等奖）

古邑寻芳处处新，红花绿草竞争春。

鱼丘湖水清如许，徒骇风光靓至今。

逯井柴园千载越，唐槐宋塔九州魂。

覃思孔子回辕地，万顷良田画里人。

◆ 王 强

高唐闲吟（三等奖）

朝华夕秀韵无边，龙启鱼丘果水天。
写月诗从双海始，因风雪向一城旋。
丹青大觉波罗岸，草木新生桃李年。
东作西成行岁事，终知佳处在门前。

夏日咏怀

水依龙启世人稀，林径深通欲晚晖。
鱼影为尝龙亢气，争从银甲现灵玑。

金城西路紫叶李

紫叶李花滋肆开，去年今日放纷来。
难消一问花为旧，易发深吟心尽皑。
潸紊幻尘风泪眼，纯真清韵雪香醅。
莫将春意当无意，朵朵枝枝或可猜。

行经双海湖

隐隐夜云藏牧歌，我身也作幻身过。
晚涛敲岸风声远，春树摇天月色多。
一脉苍凉犹不已，半生缥缈竟如何。
玄虚形影花前后，许借诗吟轻入波。

春　雪

琼魄冰魂形迹微，春寒料峭笑春衣。
柳丝一线身流白，梅萼三分香溢肥。
雀跃情怀何所似，天行意气与谁归。
金城路上心驰骋，拂面飘来始知机。

年三十

温然天气日晴晴，一岁余波息又生。
龙启远观铃子小，鱼丘身在露芽萌。
谁凭大觉得春早，我自劳生随水平。
四十年间如瞬霎，不寻兰若却僧行。

腊月初九日抒怀

双手拿将开水杯，胸中淑气自然回。
三冬凛冽虽归我，一夜清玄尚付梅。
生意微微催腊九，年华冉冉取春魁。
高唐岁尽然无雪，数朵禅心先绽来。

鱼丘未雪

鱼丘于望更于怀，湖漾千回拂石阶。
夜若徘徊能见我，寒犹浩荡欲穿街。
冽清气韵鱼龙隐，明曜容华水月偕。
今岁鱼丘还未雪，当时雪自净痴骸。

二

北风吹破布衣衾，君避高唐何愿心。
摇曳经窗虚竹影，恍然入耳锐金音。
半天寒畏离温室，万里远宜生苦箴。
苟得一身能负雪，怀中气韵较冬深。

贺高唐县授予中国楹联文化县

半道出家来作联，飘零浩荡学群贤。
对山对水青和碧，谈古谈今俗即禅。
鄙县风名吾自爱，清词身世孰天然。
来兹更喜扁舟意，雪事茫茫在马前。

◆ 王　鹏

星辰欲曙百年筹

星辰欲曙百年筹，福胆昭昭夜济谋。
山雪延绵三万里，水花遥望九千州。
燕京兵士多仁义，华夏儿郎少屈仇。
国气升庭今竞跃，疆场远拓若神游。

南乡子（新韵）

顾目河山。活水淘沙浪势宽。今溯百年怡盛世。伏日。天下英雄频著字。

醉花阴辞·语高唐

徒骇河畔殊流水。鱼蚕乡野翠。人患晚潮中，栝蒌高唐，福事儿郎贵。　　远江欲陌南风溃。古道徐年岁。且捧寿花来，禅苦灵山，星月州堂醉。

◆ 王子梅

鹊桥仙·游柴府花园有感

时光飞逝，转身一载，冬已至秋还在。三千年后是谁来，红尘里、人过难再。　　孰轻孰重，是非未解，多少事俱无奈。春花夏叶伴亭台，恨怨爱、星辰迭代。

苏幕遮·龙启山夏转秋

日幽忧，人空瘦。伏夏多愁，雨打风吹透。晓月鸣蝉轻拂柳，往事如歌，惊见秋回首。　　晚风凉，秋景厚。一扫烦忧，心展云舒袖。笑语欢歌诗酒友，携手同游，红叶漫山秀。

注：龙启山为高唐一景点，夏秋之间景色最为优美。

点绛唇·东岳泰山

齐鲁多娇，泰山岱岳丹霞绕。日浮拂晓，大地清云缥。　　不惧风骚，枫叶金枝窈。迎霜笑，阳光暖照，飒爽秋姿俏。

鹊桥仙·唐槐宋塔彼岸花

凉风玉露,萧萧雨透,郭外苍山古渡。兴国寺内塔如松,同槐树,千年独处。　　曼珠沙华,孰甘孰苦,花和叶从未遇。情长岂用誓言居,从无语,任缘来去。

注:唐槐宋塔位于梁村镇兴国寺内,塔青灰砖砌筑,共十三层,有宝瓶式塔顶刹。塔北面十米处有古槐,人称"唐槐",乃千年沧桑之明证。

点绛唇·大觉红尘路

俗世红尘,怨嗔恼怒烦忧苦。夏风冬雾,问道谁为悟。　　何处净都,弃万争无数。深山路,云轻雨驻,可得春秋赋?

注:大觉寺为高唐景点。相传,秦王李世民欲成就霸业,曾亲率三军力克高唐。命右武侯大将军尉迟敬德,监造高唐州城大觉寺及舍利塔,以彰显千秋功业。

鹊桥仙·文公槐

文公手植,国槐千蕴,时序远豪杰近。感恩古树证红尘, 高唐宿、英雄留韵。　　山河无恙,天忧地问,亮节高风谁认?且擎铁骨万年魂,七百载、情怀难尽。

注:公元1279年秋,南宋丞相文天祥被元人押解赴京,途经鱼丘驿站,亲植幼槐一棵。后文天祥被杀,高唐人以此槐寄托哀思,天旱浇水,春秋施肥。历经千年,现古槐胸围3米高10米遮荫60余平方米。

点绛唇·双海湖秋思

丹桂幽兰,天高云阔秋风送。诗情初纵,月影湖中动。　　寒燕哀鸿,清影归心共。秋色重,烹茶祝颂。我把秋思用。

点绛唇·乡愁萧瑟

残柳寥枝,外求创业漂零客。绿容迁色。已到霜寒刻。　　圆月清清,辉映思乡魄。两全策,古来难得,冷雨萧萧瑟。

鹊桥仙·星枕明月

心猿意马,春秋冬夏,山色湖光成画。消磨名利洗尘心,清凉夜、浮云淡化。　　轮回四季,菊花篱下,吟唱忝和无暇。露寒霜降梦幽遐,星枕月、诗情词话。

湖舟唱晚

青梅竹马两相识,暗许芳心君可知。
待到重逢初嫁日,摇舟同醉一湖诗。

◆ 王凤兰

风雨丽人

丽影翩然入翠薇,蜜蜂花径玉簪飞。
香腮吹送美人醉,凤眼飘翻彩蝶归。
雨过天晴山色碧,云浮水阔景容肥。
桃英轻拂春风面,红袖依依恋韵晖。

喜迎新春
一元复始呈祥锦，万象更新展瑞辰。
喜盼三阳花百媚，欣斟五谷酒双轮。
千家和睦千家福，四季平安四季春。
天上月明银汉闪，人间秀色九州醇。

伏夏寻凉
鸣蝉声躁伏天临，绿叶遮阳觅树阴。
祈雨舒身消闷暑，怨风扰绪梦幽林。
既能邀月就灯照，何必拈花将草寻。
茶酒故交共聚韵，赋诗对句胜千金。

飞花入尘
败花零落入危栏，蚀化粉尘归泥团。
云匿寒山风细淡，水囚咸海浪低漫。
何需清晓追残梦，暂向浊杯邀旧欢。
瘦雨偏期伤易感，悲歌寄语祷难安。

梅雪乡愁
着意寻春香不愿，随风入夜艳何攀。
绵绵此恨知无数，款款真情寄有颜。
芳匿红梅难觅影，雪依琼蕾易伤山。
飘身异路云更怯，思满乡愁问故关。

四湖冬夜

冬君重整一方天，漫步西郊路跛颠。

欲为衰枝除败叶，祈将圣景留丰年。

云浮龙启家何在，雪落鱼丘人不前。

知客远来应有意，尽收寒夜洒湖边。

天涯故里

漠北冬君舞凤腰，天涯林海弄寒潮。

凌凌冰玉伴风冷，嫣嫣腊梅倚雪娇。

故里乡愁路漫漫，年关思绪韵飘飘。

巡逻边塞常逢夜，烛泪潸潸映深宵。

冬至岁感

阳生冬至盼回春，雪打更深涤旧尘。

月隐空怀时节感，云寒莫问古今醇。

临思亦抱离愁憾，寄远犹关别梦辛。

律转岁除难展卷，朔风烈烈念征人。

红梅傲雪

琼枝玉树待红妆，丽影朱唇吻雪香。

舞迎寒风梅蕊绽，英姿飒爽傲冬凉。

梅恋雪

寒风有意荡琼枝，正是梅花吐蕊时。

红袖淡妆摇魅影，依偎瑞雪赋情诗。

◆ 王风贞

月照乡愁

自古乡愁秋最知，相邀林下醉吟时。

毛毛细雨渗为土，淡淡凉风化作诗。

柳叶寒侵归意早，菊花霜立去思迟。

离人情愫泅词赋，月色荷塘照水池。

注：月州赏景为高唐一景点。

韵醉古城

古邑千年续律篇，绵驹故里韵飞天。

音神歌曲入诗经，尺八吕才流百川。

人　生

倾尽三生三世念，来如飞絮散如烟。

楼亭脉脉待回首，杨柳依依思采莲。

诗词岁月

诗心拾韵影依依，岁月逐花随梦期。

云牵流年到眉尾，丽颜俏脸总相怡。

金城冬色

一城冬色染双湖，两岸柳丝枝半枯。

龙启青山浮倒影，大悲禅寺渡宗徒。

书香润心

深夜烛光明翠楼，绿纱丽影入心头。

拨灯书尽红尘事，一盏香茶轻润喉。

高唐冬韵

龙启山中石路通，四湖名胜传西东。

梅花历历雍容艳，雪色珊珊皓月空。

淡淡白云轻出岫，依依素练漫追风。

高山流水酬方志，沧海桑田醉媪翁。

万里长城

长城巍峨佑黎民，叱咤风云势永存。

古拒匈奴逾隘塞，今迎游客赏关门。

千年兵马青春老，一日狼烟白昼昏。

嬴政修边安万里，无需后代感秦恩。

◆ 王风来

人生交响曲

千年琵琶万年筝，一把二胡拉一生。

初闻不识笛箫音，唢呐锣号锣鼓终。

岁月如歌

音声如画年月增，日月星辰如梦中。

青梅竹马意中人，锅碗瓢盆慰平生。

颂音神绵驹

绵驹歌罢流云停，高唐名胜传西东。

梅花历历冬容靓，雪色珊珊皓月空。

淡淡蓝天轻出岫，依依素练漫追风。

高山流水酬方志，沧海桑田醉媪翁。

注：绵驹，春秋时齐国歌手。由于在民歌及音乐上的造诣极高，后世把他奉为十二音神之一。

百年征程

南湖星火夏云燃，辉映中华一百年。

起韵红船创导向，定音遵义调正弦。

长征万里经天险，苦战三军灭瘴烟。

解放神州兴伟业，高擎镰斧拓新篇。

百年傲骨

狼烟日月岁流东，时代兴衰变幻同。

理想蓝云风与雪，沧桑诸事罪和功。

虽言铁骨彰民苦，犹恨人间蔑士穷。

注定伟才常坎坷，满身正气韵长虹。

百年英豪

豪雄来去草如茵，正气常留孕世新。

驰骋英姿尘浩荡，故乡归卧满园春。

百年德望

大业千难汇一身，红旗烈烈岁犹辛。

百年征战传薪火，雄起南湖创梦人。

大美高唐书画乡

飘柔宣纸仙踪藏，丽景游来似画堂。

云影淡时挥墨影，花香浓处伴书香。

微风已解乡心切，明月还将辉晕强。

欲赋高唐无限美，醉吟拙语话情长。

笑对人生

一杯浊酒道真情，半点朱砂写此生。

往事不堪回首处，万千思绪语难成。

文韬武略

范公风骨孙兵圣，武略文韬同日升。

诗词神州生雅趣，黄河曲水傲寒凌。

孝亲董永楷模棒，数学刘徽算术称。

追梦百年扬国粹，初心不负岁尤恒。

◆ 王凤英

春风丽影

丽影翩然入翠薇，蜜蜂花径玉簪飞。

香腮吹送美人醉，凤眼飘翻彩蝶归。

雪恋梅香

琼枝玉树恋红妆，丽影朱唇吻暗香。

逐梦寒风梅俏舞，倾情白马蕊羞藏。

亭台脉脉嫩柔手，叶瓣依依秀娇娘。

最爱水城晴后雪，银装素裹韵芬芳。

不忘初心

南湖碧水载红船，大业筹谋辟洞天。

唤雨九州清浊世，呼风五岳扫寒烟。

逐倭战蒋民安泰，打虎除蝇党志坚。

不忘初心圆梦想，复兴路上启新篇。

柴府怀古

赵宋高唐府与州，后周覆水绕城流。

民间遥想前朝月，湖畔常叹后世秋。

昔日荒墟埋野径，而今旧址泛新舟。

满园古迹史如海，谁与柴门吊古愁。

华夏大同

万里长城伴圣雄，千年龙踞印苍穹。

去病突袭匈奴府，弃疾痛消金国功。

嘉峪已通高铁路，玉门又绿大唐风。

秦砖汉瓦烽烟散，华夏复兴天下同。

鹧鸪天·山东名胜

齐鲁风光有盛名,今朝得幸慰平生。圣人论语千秋法,孙子兵书天下倾。　　观史迹,览风情,泉城湖景水城名。黄河滚滚心潮动,东岳皇封奇秀声。

如画四季

春来兰语舞和风,夏至荷花玉粉容。
秋韵菊香灵秀景,冬来梅雪伴云松。

◆ 王凤荣

田野芬芳

苗青柳绿百花艳,麦浪翻飞燕雀忙。
缕缕炊烟绕村舍,声声布谷唤书堂。
满怀西岭漫天暖,一夜东风遍地香。
田野金波铺锦绣,山坡滴翠吐芬芳。

道法自然

万紫千红总是春,一年四季贵为晨。
尊崇礼法重仁义,道德如花更醉人。

如仙美景

春来草发柳含烟,粉蕊黄枝映碧天。
恰似东君望诗海,更如美景在书田。
风光香径刚三月,山色芳尘又一年。
绿水青山红烂漫,人生处处赛神仙。

德济苍生

清风明月本无价,近水远山皆有情。
大海从来升浩气,细流自古伴芳名。
巍巍高阁景常在,滚滚长江思不成。
长恨无谋挽狂澜,仁贤德善济苍生。

金城古韵

婉转金城意不休,高唐古邑韵悠悠。
云留俏岸颜如玉,日赋新词水荡舟。
四面菊花千面柳,一城黛色半城秋。
鱼丘双海湖河绕,大觉禅游塔殿楼。

诗词传家

人生百载德为先,日月安然越岁年。
齐鲁古风飘律韵,神州大地遍才贤。
绵驹歌舞正民俗,李杜诗词唱史篇。
祖辈传承继文脉,悉心教化命宗延。

故乡恋曲

寒潮天际远,萧瑟驭冬颜。
皎皎云间月,皑皑雪下山。
芳心共愿得,白首同缘还。
岁岁归程发,遥遥思故关。

砥砺岁月

飒飒英姿逆风起，潇潇秋菊志难迷。

寒梅有泪傲冬月，白玉无瑕恋发妻。

豆蔻年华春到夏，红霞晚照日飞西。

蹉跎时节真情在，困苦艰辛何足提。

◆ 王风路

飒爽清幽森林游

暑夏炎炎可遣愁，公园沥沥酷温休。

金蝉似露轻浮柳，绿韵如歌慢转头。

旖旎风光奇景厚，清凉心境燥心幽。

欢声笑语诗茶友，彩叶森林浪漫游。

注：清平森林公园为高唐清平古城一景，国家级森林公园，野生资源丰富，环境优美，景观独特。

烟雨霞虹

万里江山人不逢，春秋易色有无中。

夕阳西下红胜火，垂柳湖边霞正隆。

巷陌亭轩樽白举，楼台烟雨景谁同。

白驹沃野何需醉，水碧天蓝落日虹。

烟雨古愁

梦断残更云雾空，败花落叶景相同。

旧桥可钓前天浪，斜岸谁留上古风。

淡淡清香寒菊艳，浓浓幽韵冷枫红。

愁肠杂绪难言痛，暂寄楼兰烟雨中。

枫林炫彩

一抹霞光炫彩浓，秋风更比暖春雄。

枫林尽染千峰火，霜叶浑如万树红。

神曲正音映美梦，夕阳斜照醉长空。

悠悠岁月松涛涌，滚滚长江盛世通。

秋韵如画龙启山

大地秋浓绿最知，登山文友赋秋时。

蓝蓝天幕秋成画，习习凉风秋似诗。

秋柳鸣蝉归意早，秋枫落叶去思迟。

佳人才子寻秋韵，胜景秋颜入碧池。

万紫千红

红黄蓝紫竞芳华，恰似牡丹金贵家。

旭日柔风情胜火，冰肌玉骨貌如花。

英姿飒爽渡春夏，秀色缤纷映夕霞。

绿水青山香烂漫，妖娆美景醉天涯。

嫦娥玉带揽月

星辰银汉露生凉，云白辉明月洒光。

昨日有诗题记早，今宵无韵对词长。

吴刚伐桂为琼酒，后羿弯弓射太阳。

尽道广寒宫殿美，嫦娥梦里返家乡。

注：玉带揽月为高唐城一优美景点。

南京公祭

困苦中华屡染尘，硝烟烽火淬清贫。

寒风呼啸图强路，初志磨难奋发人。

慎防将来重后世，铭怀历史慰先民。

家仇国耻尤殇恨，公祭钟声警鬼神。

枫红花香

晨宵风冷显秋凉，气荡露浓成落霜。

枫叶飞红霞影艳，银河闪亮夜寒长。

离人梦断兰花酒，异客情牵九重阳。

日暮菊丛凝细雾，月明却照海棠香。

◆ 王华玲

诗暖寒冬

冬月冬深冬韵浓，寒霜寒雪寒伴风。

清晨窗外冷云重，唯有诗词暖意融。

相思无期

若问相思甚了期，曾奔远隔奈何迟。
十年窗下无人答，万里灯前有梦追。
浩浩功高斯不伐，幽幽道阻彼偏宜。
三千词内藏妆泪，半百堂中望镜悲。
应学自明常为径，休愁独坐未成师。
只寻共醉难如愿，一旦情真感故知。

乡愁情缘

顺意寻春香可缘，随风入夜色何攀。
绵绵此怨知无数，款款深情寄有颜。
芳恋红梅秀迷眼，雪依琼蕊俏望山。
飘身异路思更怯，云满闺愁问故关。

同窗文缘

谆谆课件学堂前，声画萦回绕梦牵。
网络讲台常慧语，同窗灯影总佳篇。
欣愉书目千波涌，细品名家百艺传。
幸聚今朝酬夙志，培修相识惜文缘。

沁园春·脱贫奔小康

万里晴空，壮丽山河，彩云飘扬。看五湖四海，英姿如画；大风歌唱，五岳流芳。社会安居，人民乐业，精准扶贫谱华章。复兴梦，铸千秋伟业，来日方长！　　国情如此辉煌，领无数、平民更自强。上下同奋起，志宏气壮；中华盛世，丰韵飘香。精准扶贫，因人施策，扶助攻坚显德望。看世界，脱贫奔康路，天下无双！

注：2020年，神州打赢脱贫攻坚战，所有贫困地区和贫困人口共同迈入全面小康社会。为此1800余人牺牲在脱贫攻坚一线。

两同心·河南抗洪

黄帝家园，雨龙呜咽。难何惧、同抗灾魔，洪虽虐、共担风雪。赴中原，勇士仁人，甘洒热血。　　誓怼苍天肆虐。意志似铁。水道里、忘我支援，泥潭上、舍身跨越。定赢来、胜利之歌，韵扬日月。

注：2021年7月18日18时至21日0时，郑州及周边地市出现罕见持续强降水天气过程，河南省防指决定将防汛应急响应级别由Ⅱ级提升为Ⅰ级。即时众志成城，山东全力支援河南抗洪救灾。

点绛唇·倡节俭

勤俭良风，中华自古争传诵。烈阳劳重，挥汗耘田垄。　　煎炸煮烹，辛苦三餐供。珍惜用，光盘行动，朴素清廉颂。

点绛唇·庆丰收

——祝贺中国农民丰收节暨高唐县第二届文化旅游节开幕式演出成功

叶绿皮青，田间玉米秆儿壮。丰收在望，喜悦心欢唱。　　金色暖阳，花粉风中荡。灌浆长，粒黄籽亮，意醉人舒畅。

鹊桥仙·反浪费

俭勤节约，优良传统，一粒饭珍惜用。半丝半缕物辛艰，朱子训、世人传诵。　　舌尖浪费，伤农败俗，吃喝风何其痛。盘中餐菜怎能丢，举国颂、光盘行动。

◆ 王纪强

临江仙·琉璃寺烈士陵园沉思

罄罄禅钟惊倦鸟，渔歌晚唱萦回。暮云深处客思归。听松涛暗涌，看雁鹊南飞。　　缕缕英魂眠此境，千秋日月同辉。青山忠骨永相随。感风云几度，叹往事成灰。

鱼丘湖走笔

海角天涯是故乡，祖先几度启渔航。

放歌一曲浪涛和，月夜归时获满舱。

◆ 王志刚

高唐文庙（李苦禅少年读书处）感怀（三等奖）

高唐文庙大成殿，元始功宗启学儒。
灰瓦顶梁飞喜鹊，单檐正脊秀葫芦。
古碑隽永舞龙凤，遗迹幽香泛玉珠。
年少苦禅耕牧地，墨花芳泽有珍图。

◆ 王克华

寄语高唐

鱼丘湖澈似蓬瀛，烟柳撩荷细语声。
水阔龙门飞锦鲤，天高彩鸟落唐城。
蓝图展望春潮涌，古邑招来紫气盈。
待到辉煌相贺日，举杯畅饮与云卿。

◆ 王振军

鹊桥仙·酒醉愁绪

绵绵细雨，清凉湿重，酒薄微醺易醒。林空叶落水波平，双海岸、弥漫幽静。　　情怀落寞，忧思心境，惯看单行孤影。移车夜路逐秋风，龙山处、氤氲不定。

渔家傲·月照两岸

——参加"海峡两岸一脉相承"李奇茂美术馆书画展开幕式有感

齐鲁秋来风景丽，南飞大雁排人字。湖岸清波东畔起，晴空里，绿水荡漾升烟气。　　明月一轮牵两地，夜愁轩窗思归意。寒露悠悠霜满地，人难寐，青丝白发思亲泪。

点绛唇·珍惜时光

几许寒风，落枝黄叶辞秋影。雁归南岭，又见枫红景。　　回首流年，旧事情难定。晨梦醒，静思憧憬，莫把时光等。

东岳泰山

冬来齐鲁访名山，困顿疲劳不觉难。
岁月光华驱暗侫，松梅精气慑高寒。
千崖野色曙霞黛，万壑妖姿岩岫丹。
云海波涛朝日出，风吹雅韵荡林澜。

对　酒

冬日银装谁独酌，穿街唤客醉中过。
三生六辈犹相似，四老八秋如奈何。
腿软渐知须发少，兴盛那计酒烟多。
小园风景梅依雪，雾凇妆成奏恋歌。

似水流年

等在时光的渡口，乘着岁月的轻舟，

在顺境盈盈飘荡，静享人生的芬芳，

在逆境浪遏飞舟，收获别样的风浪。

向东方唤醒朝阳，朝西方寄托信仰，

去南方寻觅希望，到北方共赴花香，

不惧红尘的情殇，于尘世永驻芬芳。

◆ 王道君

高唐腾飞
高瞻远瞩时代人，唐诗宋词书画魂。
腾龙神州呈吉祥，飞凤华夏绽彩云。

高唐赞歌
鲁西大地闪明珠，书画之乡墨飞舞。
争创一流当样板，走在前列闯新路。

◆ 王德禄

春雨（二等奖）
轻风着意荡银丝，正是扬花吐枸时。
骚客倚栏摇竹影，掬来细雨写春诗。

将军翰墨情
碧浪征帆双海风，将军翰墨意悬同。
三千长卷三千载，十万朱毫十万弓。
血雨玄云呼慷慨，硝烟烈火见英雄。
银髯尚醉神州梦，华诞百年诗未穷。

建党百年咏
浴火高飞一百年，千秋鸿业自无前。
英雄热血凝寒月，烈士悲歌散夕烟。
戎马长戈屠虎剑，忠魂义胆挞狼鞭。
韶华当慰初心愿，舣忆南湖万里船。

西江月·春信

休问谁惊春梦，鱼丘柳绿桃红。明湖细浪醉清风，骚客诗心萌动。　　曲径悠悠双蝶，花丛袅袅群蜂。归来紫燕报春浓。瘦雨痴情与共。

喝火令·咏春曲

瘦雨双飞燕，清风百啭莺。一丛春色悄然生。茵绿柳黄初是，骚动恋乡情。　　岭秀桃英艳，篱疏杏果青。万山花信醉流泓。似见诗萌，似见作春荣。似见凤弦飞韵，细辨杜鹃声。

鹊桥仙·鱼丘倩影

明湖细浪，绿茵曲径，晨雀花丛争宠。朱楼时现有无中，又似见，丽人影动。　　一弘翠色，半城烟雨，玉带长桥留梦。谁飞翰墨醉东风，柳荫下，逸翁情纵。

寒　雨

寒雨绵绵入季秋，却疑龙帝寄离愁。

玄云阴岭弥泥径，浊水溪田泛竹舟。

无力回天自是梦，有心遣日向何求。

谁怜农事今年苦，粪土几番千户侯？

残雪吟

纷扬落罢梦初残，莹白欲邀留客难。

竹径无尘堆玉絮，松坛有兴赏银冠。

云随素日三分暖，风渡长河一缕寒。

瑞叶半融千样景，清琴虚抱对诗弹。

雪中菊韵

残雪难遮龄草纱,清香采撷作冬茶。

千株深拥有迷影,十色横陈无匿瑕。

不信诗心留慧水,只为痴梦渡云涯。

骚人何事常惆怅,笃念尘缘第一花。

喝火令·诗乡梦

淡淡书山月,悠悠墨海风。德心归处渐生浓。文律欲留春意,时入夙缘中。　古邑书声远,家山墨色穷。逸人清梦共谁同?梦见诗魂,梦见韵和融,梦见独吟秋水,晓梦影朦胧。

◆ 云　刚

文化名城秀美高唐（三等奖）

齐鲁有名城,称谓高唐县。面积九百六,人口五十万。

位置鲁西北,环境真不错。交通很便利,通达四方阔。

周围有邻县,茌平和临清。齐河与禹城,平原陪伴着。

西部有马颊,东部徒骇河。绵绵两河水,都经高唐过。

地势很平坦,土地很肥沃。农业很发达,年年唱丰歌。

木棉甲齐鲁,美曰金高唐。文化底蕴厚,书画是魂魄。

墨香之人才,名扬海外多。苦禅李奇庄,山水画杰作。

画家谢家道,李燕也卓越。还有孙大石,国画开先河。

人才代代出,文化在传播。书画氛围好,人人爱泼墨。

聪明加才智,家乡增美色。书香名天下,美名高唐获。

古人文天祥,途经高唐过。栽下一棵槐,至今留悲歌。

夜宿高唐州,是他的杰作。至今在流传,大家可查阅。

高唐好地方，人才也很多。古代有华歆，出生是固河。
被举为孝廉，官至平侯伯。鲁相有乙瑛，吕才是音乐。
元代王懋德，清代朱昌祚。青史有留名，代代在传播。
古迹也不少，听我慢慢说。自古是名城，柴家有院落。
朱甍碧瓦间，画栋又雕琢。垂柳加花卉，曲径小桥过。
李逵持双斧，大闹高唐州。井中救柴进，义气感山河。
现存李逵井，至今美名播。一步三眼井，水质很独特。
有苦也有咸，甜的来生活。梁村有宋塔，浮图十三层。
唐槐十数围，树干如苍虬。距今千年多，唐槐陪伴着。
还有八大景，是否听说过。如果要细说，景色美极了。
马湾晓月美，日映浮屠塔。高阁上凌云、郑桥有渔歌。
大觉寺钟声、爵堤映白雪。龙井泉清澈，秋风撩漯河。
高唐在发展，勇在潮头坐。周边有高速，西边造汽车。
时风农用车，全国最驰名。开上时风车，致富路更多。
南面建小镇，北面有企业。本地有名吃，样样都不错。
高唐老豆腐，细腻味好喝。驴肉是特产，味正营养多。
名声甲天下，香随四海播。环境很优雅，规划很不错。
四湖加小山，小亭和小河。绿树周边绕，寺庙映碧波。
春到桃花开，柳枝抚湖泊。夏来荷连连，锦鲤在穿梭。
秋天树叶黄，湖月两相合。冬天大雪盖，来年枕白馍。
高唐在发展，幸福好生活。城市规划好，车辆守规则。
人人讲和气，欢声笑语多。道德好风尚，居民乐呵呵。

◆ 卢旭逢

武陵春·赞高唐

云影湖光涵玉镜，客赞小苏杭。蓊郁清平放眼量，心与梦飞扬。　且趁时风迎客旅，锦鲤跃高唐。霞蔚丹青展画廊，引凤正朝阳。

◆ 叶兆辉

游高唐县

齐鲁山川逸，蔚然人地优。
文风惊朴厚，民俗自遐悠。
锦鲤腾千里，书乡著九州。
卷开寻水浒，野渡且横舟。

◆ 田　鑫

高唐县赋（一等奖）

鲁地华天，高唐古县。东临禹城齐河，明珠光闪；西接临清夏津，宏图光艳。南靠茌平昂首，物华天宝；北邻平原生翼，民康人健。书画艺术乡、平板精密机械乡、建筑机械制造乡，文化艺术乡，魅力光鲜；法治先进县、平安农机示范县、工业电商示范县、双拥模范县，靓姿光灿。好个"湖光山色小苏杭[①]"，物产丰饶；陶然"诗情画意金高唐"，家园璀璨。

一条铁路穿境，两条省道腾龙，千山万水一日迄；二条国道纵横，五条高速起蛟，万水千山顷刻见。水绿交融兮，书画辉映；城湖一色兮，锦鲤尽现。富庶兮民望归，跟党同行；繁华兮黎元享，逢人齐赞。

时维七月，序为仲夏。置身柴府花园，怡步怡情，品鉴水浒文化；梁山好汉李逵，下井救柴进，千秋佳话。泛舟鱼丘湖畔，亦真亦幻，感悟鳞波入画；水清鱼戏风情，扬帆倒云影，几番惊诧。唐槐宋塔[②]观来，相映成趣，壮观之外，怜之犹切；赛石花朝任赏，花团锦簇，娱乐之中，爱之更煞。庆幸哉，筑梦之旅流连，回眸之情单纯；人文旅游尽兴，乡村梦幻阿娜。恍然间，犹闻白鹭来，步轻盈，舞蹁跹，追逐拖沓。鸣九皋,闻长天,瑞兆勃发。聚青鸾之皓丽气质,荟仙女之娉婷爽飒。忽明白，景怡人，人怡景，陶醉山川陶醉人；魂牵梦，梦牵魂，如画高唐美如画。

欣欣然，忆灿若星河历史，思德高望重人物。不乏名相贤臣，多令人垂慕。东汉鲁相乙瑛[③]，三国魏相华歆，晋斥丘令刘寔，乐陵太守崔光，唐名学者吕才，明代进士杜潜，元名臣王懋德，清总督朱昌祚，皆闻名遐迩，后世敬慕。春秋歌唱家绵驹，国画大师李苦禅，山水大师孙大石，山水画家谢家道，军旅画家韩静霆，学者画家李燕，爱国华侨孙瑛，义和拳众义民，均盛誉不凡，至今仰慕。俱往矣，数风流人物之众，念纷繁之世事，怎可让年华虚度？慨而慷，大手笔蓝图之美，瞻飞腾之强县，岂能把初心玷污。新时代新机遇，党业擎天；好兆头好文章，高唐奔富。

喜今朝，党诞百年，红日光天。龙凤呈祥，虎豹啸天。百鸟争鸣，千兽并肩。百花齐放，万木光鲜。人民发力，事业荣繁。民族自信，梦想早圆。天高悬日月，地厚载河山。美哉兮鲁地高唐，引领春天；壮哉兮鲁地高唐，追赶明天。再续"一百年"目标，大绘"十四五"画卷；四个自信鼓劲，一齐立传推澜。

幸哉，吾虽他乡异客，耳闻高唐盛昌。想少时天真，中年蹉跎，任青春早伤；又老骥奋蹄，慨然直追，更张翼铿锵。笑扬眉，有收获则常乐，有目标即奋斗，与党业一脉；怀凤愿当立志，怀希冀不彷徨，为祖国担当。引吭歌，时代载初心，使命不彷徨。生命当不息，人生更自强。

所谓人杰地灵，当抢先机。占尽天时则昌，占绝人和可期。放歌生态之城，绿化著文题诗。骋目幸福之城，民生圆梦珍惜。欢呼文明之城，现代活力不息。慨而叹，乡村振兴铺画卷，激情喷涌，直面挑战；再创乡村振兴，追求卓越，只争朝夕。天时地利人和，高唐中流激击。

注释：

① "湖光山色小苏杭"，与下文"诗情画意金高唐"，是当地流传概述高唐特色的俗语。

② "唐槐宋塔"，与下文的"赛石花朝"，都是高唐县的名胜古迹。

③ "东汉鲁相乙瑛"，指东汉鲁国的相国乙瑛。本段所涉及的人物，都是高唐历史上与近现代以及当代的著名人物。

◆ 邢邦慧

高唐赋（二等奖）

金城高唐，历史辉煌。州县更替，几经沧桑。
人杰地灵，贤达安邦。齐国盼子，使守高唐。
东渔于河，赵人莫想。乙瑛华歆，合称二相，
辅弼汉魏，华夏名扬。皇叔刘备，掌令高唐。
抚黎恤民，关张佐帮。吕才博学，太宗欣赏。
军哲历法，乐曲典章。不唯鬼神，唯物至上。
一闻一见，精妙无常。壮哉天祥，凛然不降。
早发东阿，暮宿高唐。植槐我土，今仍繁旺。
左丞懋德，直谏性刚。抚民平冤，淮西任上。
君子之风，后世名扬。兵部杜潜，御倭海疆。
遭谮被戮，弥天冤枉。万历诰命，昭雪慰殇。
康乾南巡，数经高唐。旌旗猎猎，皇威沿荡。
题诗作赋，粉饰太平。歌舞升平，自诩宁康。
高唐近代，风云激荡。义和肇起，声震朝纲。
金谷兰者，一心向党。抗日平顽，护佑家乡。
流血捐躯，呜呼尚飨。民族屈辱，永矢弗谖，
强我桑梓，后侪莫忘。赞我家乡，人勤农桑。

木棉甲天，禾旺果香。徒骇马颊，泽被乡村。

工业强县，楼高路畅。说我家乡，文化辉煌。

音神绵驹，诗经可考。苦禅大石，比肩巨匠。

奇茂艺馆，迎风扬帆。文史哲理，数张守常。

兴国寺塔，国之瑰宝。迎旭门楼，省级标榜。

文庙柴府，古色古香。最是荣耀，国家颁奖，

鲤跳龙门，金城览胜。中国书画，艺术之乡。

我等不才，即兴赋诗。歌颂家园，唱我萱堂。

寥寥数语，难抒胸襟。一言蔽之，大美高唐。

临江仙·鱼丘春日唱晚

碧水粼粼金灿灿，柳芽滴翠轻扬。拱桥巅顶赏风光。柴府浮水面，大石画飘香。 小岛湖心人散去，泊舟收浆关仓。耳闻锣鼓响咚呛。乐曲声渐近，星夜更辉煌。

电力工人赞

银缆纵横连海涯，先行经济强中华。

彩虹昔日耀齐鲁，国网今天吐异葩。

借得东风书日月，拿来春色绘彩霞。

倘如天帝有恩准，电架牛郎织女家。

◆ 朱海舟

观双拥馆有感并序

序：2021年7月1日下午，高唐作家协会组织部分作家双拥馆参观。观后，热血沸腾，夜不能寐，写古风两首，予以称颂。

热血军魂

铁血男儿去从军,丹心热血铸英魂。

三九锻打钢铁志,酷暑磨练硬骨身。

洪魔来时显神影,边陲安危扎深根。

时刻听从党召唤,祖国有你更安稳。

致敬老兵

飒爽英姿勇武装,男儿报国离家乡。

明知赴戎多苦难,亦愿争光有志郎。

流血牺牲从不怕,扛枪值守卫边防。

心藏义勇军魂曲,笑望长城白鸽翔。

赞徐洪才

战旗猎猎军号响,南疆英雄血气刚。

孤胆志士趟烈火,猫儿洞内唱家乡。

◆ 刘　霞

忆江南·春水（三等奖）

春山水,萦转伴岩流。溅玉飞珠成落雪,如烟鸾带似纱柔,何不泛轻舟。　　溪水好,洗却许多愁。云淡霞红生暖意,涧边千树绿晴眸。疑在画中游。

苏幕遮·赞高唐救援队

叹苍天，灾骤降。中豫河南，暴雨倾盆状。洪水无情人守望。看我高唐，勇士驰援上。　　赴新乡，迎刃抗。众志成城，恨斗连天浪。营救卫辉除恶障，高举平安，两地传奇唱。

醉太平·徒骇河上白鹭飞

烟波彩霓，柔枝碧垂。鱼虾争戏流肥。惹游人聚依。　　禹疏水羁，骇河拟题。刺槐盈握香漪，更幽禽鹭栖。

西江月·游太平山

绿柳拂枝相送，霞辉向晚方还。太平山里望娇颜。美景画屏初见。　　炖两锅原生态，品三盏酒花鲜。骚人墨客兴高欢，几许诗词烂漫。

生查子·中秋感怀

凭窗明月清，遥眺情奔涌。回首少年时，互慕姻缘动。　　两地书，心音送，千里婵娟共。值此月儿明，倍觉相思痛。

醉太平·中秋月明

中秋月明，银辉耀厅。小楼杯酒徐倾。醉相思几层。　　思卿念卿，魂牵梦萦。关山万里含情。待春风绕庭。

谒金门·秋愁

中秋引，明月梢头轻吻。礼拜清风捎一问，归期何日近。　　百转千回离恨，冶炼相思万仞。北雁南飞传远讯，白发添一寸。

明月逐人来·明月天涯

秋风清浅,花黄霜晚。中秋夜、月明星懒。举觞醉饮,眼前风云幻。若见浓眉俊眼。　　千里飞鸿,曾就家书万卷。因而惹、相思百转。往日缱绻,心里常思恋。旖旎风光无限。

雪花飞·听雪

冬暮天寒雪降,长空六角痴狂。柔柳琼花骤放,无限风光。移步携良友,红泥小酒香。承兴吟诗作赋,醉拟清章。

行香子·灯拢清愁

夜半无眠,灯拢清愁。芙蓉帐,衾枕噙忧。泠泠心事,欲语还休。纵信时有,屏常聚,话常留。　　鱼笺醉墨,飞鸿尺素。也难书,此爱成因。枝摇疏影,雪映红楼。正惹相思,灯如豆,月如钩。

◆ 刘文才

月下看高唐古城墙（一等奖）

千年几垛古垣平,社稷江山易变更。
唯有一轮西皎月,雨风无悔伴苍生。

赞高唐战胜新冠疫病

古城千载添光彩,齐地双冬无疫灾。
胜战新冠飞捷报,神牛扬尾庆春来。

念革命志士

傍晚闲游花圃外，清风明月两徘徊。

前贤舍命争天下，赢得今朝幸福来。

春归故乡

春杪朗风天，余晖云霭妍。

徐徐乡土气，袅袅舍炊烟。

紫燕空中掠，黄牛陌上牵。

流年唯景色，绚丽季春篇。

初春踏青

春晨行远径，旷野绿葱葱。

田地青苗旺，荒坡芥菜穷。

缤纷飞絮白，妩媚恋花红。

鹰隼蓝天外，诗情带碧空。

夏日游双海湖

碧水涟漪起，黄莺落竹篱。

青青芦苇立，翠绿柳林披。

端午龙舟赛，阿哥靓健姿。

今朝光景好，生活似甘饴。

纪念建党一百周年

近代神州入底渊,南湖闪电刺云天。

工农革命波涛涌,志士牺牲理想坚。

三座山高推脚下,五星旗艳插峰巅。

国家强盛东方立,建党辉煌一百年。

拜谒华歆墓

一堆青冢度千秋,世上焉知万户侯?

三代魏公谋政略,几回社稷避斜流。

疏陈止战宣文德,养息休生解国忧。

顺应大潮天合意,后人敬仰气无休。

注:华歆,东汉末汉献帝时任豫章太守,政绩不凡。三国时期辅佐曹操父子三代,任御史大夫、司徒、付丞相、丞相,为政清廉、忠君爱民、受到百姓爱戴。死后葬于家乡高唐县固河镇大华庄。

运河两岸秋晨

丛林枝杪静,花草露珠深。

运水行舟舸,长空飞隼禽。

千榴红艳艳,两岸绿森森。

巡护秋来早,情连百姓心。

早春高唐

东风细雨阒无声，天霁晨曦雀鹊鸣。

粉白杏花嘉澍沁，鹅黄柳杪舞姿轻。

江南早已芳洲绿，塞北栖留黄岭行。

齐鲁平原春梦里，青青田野水金城。

◆ 刘立祥

第十届民族百花奖感怀（三等奖）

金城秋色百花开，华夏群英际会来。

画圣遗风留后世，右军翰墨脱尘埃。

天南绿水红霞醉，地北黄沙白雪皑。

神笔如椽描美景，江山万里待诗裁。

赞杜立芝

路遥颠簸众情牵，盛会归来赴野田。

手把秧苗查疾患，廪仓丰实待明年。

注：杜立芝，全国先进工作者。曾自北京参加会议归来，立即赶到清平镇皮庄村、刘庄村麦田、蔬菜大棚查看病虫害，指导施救。读相关报道有感写下此诗。

沁园春·风华金高唐

和煦春风，绿野葱葱，霞彩飘飘。忆古州千载，地灵人杰；新城今日，分外妖娆。湖碧河清，塔身斜照。乐业安居民富饶。苍生悦，奔康庄大道，赞舜歌尧。　亭台楼榭虹桥。众游客，荡舟把橹摇。仰云孙槐茂，瀛台府邸；佛尊大觉，龙启山高。巾帼琼芝，须眉鹤发。勇克时艰胆气豪。从头越，庆百年华诞，沧海迎潮。

注：云孙槐，指文天祥经高唐时亲手所植槐。天祥曾名云孙。

◆ 刘华路

高唐州题咏（三等奖）

翰墨书香蕴鱼丘，裁段春光织锦绣。

采的银河一瓢水，吉瑞锦鲤冠九州。

高唐尺八赋

东风浩荡，河水汤汤，悠悠岁月，大国泱泱。

文明华夏，余韵悠长，笙管笛箫，丝竹皮簧，

五声和悦，玉律绵长。

一管尺八，古韵悠远，长于宫廷，兴与盛唐。

尺八祖庭，书画高唐，清平灵秀，源远流长。

山东吕才，命名定律，两度东瀛，千年绝响。

今有哲师，苦心孤诣，传承创新，度曲弘扬。

虚铎古韵，一脉相承，归去来兮，鱼丘晚唱，

清平月夜，鱼山梵响。

林密风清，万物消长，尺八故里，吕才故乡。

千年沉浮，一管绝唱，赓续新声，吾辈担当，

春夏交集，暑来春往，苦练技艺，互不相让。
一分付出，十分希望，有待明朝，走上舞台，
尺八新声，奏响高唐。

鱼丘四季

春
一泓碧玉美如画，几汪春水绵若丝。
报春青鸟凭栏立，拂堤金柳笑浮云。

夏
苍翠如盖绿荫长，湖畔花草竞芬芳。
湖上轻舟离日近，树下钓者瞌睡香。

秋
一夜北风拂叶坠，哀鸿南飞菊花开。
拾级登高湖风劲，云淡天高入怀来。

冬
枝残叶落人俱寂，玉树琼瑶琉璃景。
自然造化雪世界，浅墨淡彩绘金城。

高唐怀古（四首）

一
绵驹歌犹在，诗经载华章。
尺八承古韵，丝调韵悠长。

二
孔子回辕处，田盼守高唐。
华歆清素德，春风煦悠长。

三

柴王忠义在，古槐思天祥。

阁复拒宰相，朱门文运昌。

四

谷兰堪比金，打虎威名扬。

英雄千千万，浩气致远长。

◆ 刘灿胜

秋祭琉璃寺烈士陵园（新韵）

红叶芦花满地倾，琉璃寺里祭英灵。

犹闻军号声声切，阵阵催心去践行。

赞泉林纸业（新韵）

浴火凤凰新貌颜，节能环保再循环。

风光不改初心色，永爱长空那片蓝。

◆ 刘雅清

清平乐·小满夜话（新韵）（三等奖）

夜空高皓，皎月微微笑。似问人间皆备好？暗告夏忙将到。今年大异昔年，收割不再磨镰。朝日麦摇田野，晚风播种浇田。

丝绸之路新景观（新韵）

飞速游龙出朔漠，中欧友谊有先河。

丝绸古道逶迤远，班列通途往返多。

互利双赢同发展，公平贸易共诸国。

和谐世界弯环少，一路真诚奏凯歌。

天地对话（新韵）

航控中心屏幕显，英雄屹立碧云端。

温情暖语连天际，胸有成竹担在肩。

亿万人民齐注目，三名勇士各衷言。

精诚协作身无恙，地面家园待凯旋。

暮春盛世景

暮春白昼日渐长，童叟游园着便装。

花瓣雨飘飞满苑，鱼翔浅底跃池塘。

佳人曼妙秋千荡，年少翩然保健忙。

天下苍生多惬意，太平盛世享安康。

清平乐·当代完美女子（新韵）

女孩弱小，柔美玲珑俏。百媚千娇洁雅好，四季花开妖娆。兼顾厅灶西东，相协南北和鸣。智者告别小脚，党为指路明灯。

清平乐·大任百年（新韵）

百年华诞，回望艰难险。使命初心无改变，钢骨脊梁强悍。就任卸任梯排，传承接力拉开。红色巨轮启碇，扬帆继往开来。

西江月·红色图腾（新韵）

红色象征革命，镰刀斧子农工。党如首雁率先冲，奋斗谋福大众。　　万类图腾各奉，人人皆有尊崇。唯独信仰共和鸣，唤醒少年懵懂。

蝶恋花·未来会更好（新韵）

自古英雄多险坎。噩梦消失，坍倒天如半。多少辛劳亏一旦。让吾何以无悲叹。　　雨过天晴昂首站。忘记忧伤，奋起加油干。不忘初心听召唤。光头定复青丝满。

蝶恋花·人民利益大于天（新韵）

华夏多方遭水困，暴雨倾盆，铁路突停运。生命危急财产损，航班中断实严峻。　　七末八初峰顶讯，豫险牵心，首脑急重审。党政机关前坐镇，救灾防疫人为本。

◆ 刘增云

山村秋柿（三等奖）

北风卷地草凝霜，败叶残枝生冷光。
莫道山中秋色尽，红灯万盏照农庄。

秋　愁

斜风密雨冷清秋，万里凝云添客愁。
黄叶萧萧无语落，可曾回望恋枝头。

立冬所见

冬临秋暮起寒霜，尽染枫林草色黄。
狂舞西风催叶落，枝头鸟鹊影难藏。

观墨宝丹青老师金鸡图而作

金鸡百态画中行，纸上欲闻啼晓声。
妙笔丹青神韵在，墨香书卷史留名。

连日阴雨初晴有感

多日氤氲听雨声，意烦心燥起愁情。
阴霾万里终吹散，喜迎今朝雾转晴。

秋暮冬初有吟

菊饮寒天露，霜红九月枫。
芦花飞两岸，败叶隐林丛。
草木共生处，兴衰亦不同。
松梅舒傲骨，迎雪笑西风。

◆ 孙振春

高唐颂

半部山湖画，一行水浒诗。
鱼丘豪气在，好梦第一枝。

◆ 孙清祖

高唐礼赞

黄河文化兴千年，齐鲁大地多圣贤。

盛世高唐百业旺，时代步伐勇向前。

咏高唐老豆腐

面色洁白如玉亮，食之闻味扑鼻香。

此等佳肴何处有，不妨一去老高唐。

高唐文庙赞

昔日思想意犹存，今朝先贤仍留踪。

礼仁智志遍天下，启迪后人傲苍穹。

◆ 李 朋

洞庭春色·党龄十秩颂

　　九域河山，千载文明，百年辉煌。悦丝绸古道，东西握手；富农良政，南北填仓。贤聚红船，锤镰引路，反腐风饕正气昂。初心守，迎河清海晏，劳众祺祥。　　深耕量子良方。未曾忘、科研要自强。叹卫星组网，长征飞焰；太空建站，万里流光。玉宇银鹰，金戈铁马，战舰惊涛涉远洋。齐奋斗，庆神州华诞，圆梦兴邦。

脱贫攻坚战记

精字为根准是方，穷乡蹲点出文章。

缺医寡雨寻温饱，乏路无资谏路良。

建设和谐民顺意，帮扶贫困众争强。

抛家离子真劳苦，鲜艳党徽明远航。

◆ 李 勇

党建旧村改造有感

一路青砖一路花，枝头鸟雀叫喳喳。

喜看旧舍换新貌，恩惠寻常百姓家。

助农脱贫致富

乡村面貌翻天变，创业东风吹进门。

昔日悠闲慵散汉，今朝已是弄潮人。

◆ 李红霞

鹧鸪天·记高唐县名胜景观

暮鼓晨钟震四方。黄河孕育古高唐。绵绵文脉画开卷[1]，灿灿群星史谱章[2]。清河旎，碧湖泱，娇羞菡萏翠裙妆。伏天碧野疑琼雪，果硕棉桃第一乡。

注：[1]指高唐县有众多的人文景观，如齐"盼子墓"、三国时期"华歆墓"、宋"兴国寺塔"、清"文昌宫大成殿"、宋"柴荣花园"，明代建的"高唐钟楼"，上古"爽鸠氏之墟"等。

[2]指三国时政治家华歆，西晋历史学家华峤、唐代哲学家天文学家吕才等人。

◆ 李爱清

喝火令·辛丑正月初二喜雨（新韵）（一等奖）

礙碳层云重，滴答雨落声。濛濛春雨润情浓，惊醒麦禾春梦，鞭柳荡东风。　入夜思难寐，稀疏点炮声，慢敲轻打到三更。晓看梅红，晓看雾朦胧，晓看翠竹含玉，树上鹊高鸣。

沁园春·建党百年献礼（新韵）

混沌神州，列强觊觎，风雨飘摇。热血男儿志，狂澜力挽！救民水火，重任担挑。国耻家难，豪杰四起，混战军阀乱世枭。南湖畔，定方针政策，风向航标。　红星闪聚英豪，抗倭寇，驱鞑虏最高。更党的领导，民心所向！八年抗战，日寇归巢。内战三年，中正逃遁！大地红旗处处飘。齐欢庆，看太平盛世，国富民饶！

江城子·打卡双拥馆（新韵）

南湖火炬遍神州，载春秋，恺同仇。抗战八年，内战数年休。欢庆高歌得胜利，英雄血，染青丘。　改革致富上层楼，入村头，暖心头。携手并肩，未雨共绸缪。雅韵盈香歌颂党，呕沥血，为民筹。

小院榴花红

农家小院赏榴红，泪染丹霞晓露盈。
默默簪花双鬓上，悄悄对镜看分明。
真真柳柳双双比，燕燕莺莺对对评。
不解风情装木讷，姗姗丢在粉匣中。

蝶恋花·游赛石花园（新韵）

衣袂飘飘纤玉手，优雅芳姿，回首凝眸秀。春色满园如锦绣，徘徊忍踏殷红瘦。　　四季轮回谁看透，笑对人生，未了尘缘旧。蝶舞花间香蕊嗅，风拂两岸多情柳。

声声慢·初冬喜雨（新韵）

浓云薄雾，微雨稀疏。何事心乱如麻。俨然愁思无绪，似缕如纱。初冬草枯叶倦，景萧条，心慕芳华。怎耐是，久经风霜苦，谁伴天涯？　　一任风吹雨打，惨戚戚，青春断梦折花。世事茫茫难觅，宋韵清佳。闻说人工降雨，却新奇，科技发达。润酥麦，万般葱茏色，好雨滴答。

芒种（新韵）

炎炎烈日照当空，机器轰鸣打麦中。
喜笑颜开粮满囤，牵肠挂肚下茬生。
名花解语千般好，达理通情万象明。
百姓脱贫无苦难，惠民政策是东风。

江城子·庆双节（新韵）

仲秋明月隐云端。庆丰年，乐无边。国庆中秋，把酒共言欢。煮字烹诗弹凯乐，逢华诞，谱新篇。　　脱贫抗疫两攻坚。好河山，换新颜。万众一心。胜利庆团圆。高举红旗跟党走，齐破浪，共扬帆。

◆ 李雪亭

步韵忝和德禄兄《秋吟》（三等奖）

秋雨逢时惠万家，粮丰果实蓄精华。
堂前黄菊千头朵，屋后丹枫几树花。
孙子喜欢桃李味，老翁贪爱石榴霞。
俊贤举盏能同醉，论赋评诗再品茶。

贺国产航母山东舰入列南海

南疆重器展新装，雄壮英姿早显扬。
昔日兵船败黄海，而今巨舰震豺狼。
必将狂鳖皆驱尽，勇斗群魔全扫光。
中国繁昌逢盛世，骏开宏业更辉煌。

建国七十周年大阅兵

关注中华大阅兵，列装重器展精英。
猎鹰云际行途远，方阵城头观物清。
导弹侦机横杀气，战车坦克震天鸣。
不图炫耀军威壮，而是寻求保太平。

有感国家环保治理

国家环保出连拳，河水渐清天少烟。
秃岭荒山多绿树，沙丘壁野变良田。
此生开创千秋业，来世英明万代传。
维护资源投巨力，福临后辈德功圆。

春　游

鱼丘山翠百花妍，双海波清燕影旋。

田野禾苗芳草绿，园林竹气紫云烟。

成欢把酒看飞絮，约伴相携放纸鸢。

游兴未收春意醉，余晖落日彩霞天。

贺神舟十二发射与天宫对接天和核心舱圆满成功

火箭腾空送远舟，天宫对接拔头筹。

碧霄驻守宏云梦，未了心程志不休。

破阵子·整军备战

海上航船打靶，战车驰越山冈。鹰啸苍穹飞战队，利箭长空射野狼。整军备战忙。　　何惧反华称霸，看他布阵磨枪。敌寇恃强来进犯，神威之师惩暴狂。军旗猎猎扬。

满庭芳·省诗词研习班在高唐

玉树临风，衣冠随意，众人心暖温情。马车劳顿，焉顾倦身形。论讲诗词历史，说平仄，奉送真经。中文界，风骚各领，清唱美歌声。　　评谈兴比赋，奇词瑞溢，妙语神凝。雨鬓斑白增，学问丰盈。誉满九州共享，耕耘处、鹊反鸢惊。思良久，传经送宝，灿烂亮金城。

◆ 李跃贤

沁园春·高唐巨变（三等奖）

沃野平原，壮丽山河，魅力高唐。看栝蒌铺海，三农吐秀，园林引凤，万物呈祥。桑葚传馨，蔷薇臻瑞，茅草青蒿淡淡香。缤纷处，阅池游锦鲤，蝶舞霓裳。　　龙骧豹变新装。乾坤阔、耕耘奔小康。有镰锤拓路，乡村展翼，初心映日，骏业争光。贫困清零，文明享誉，商旅繁荣梦远航。龙头领，正激情澎湃，铸就辉煌。

鹧鸪天·赞高唐扶贫攻坚

克险攻坚伟岸身，两行足迹透殷勤。走村串户传春意，献爱修房送党恩。　　换新貌，拔穷根，一人不漏准扶贫。倾情铺路披星月，汗湿霞裳力万斤。

沁园春·中国共产党100周年颂

猎猎旌旗，滚滚铁流，红艇势雄。忆南湖举帜，惊天动地，南昌起义，亮剑冲锋。唤醒工农，当家做主，誓把丹心化作虹。镰锤舞，阅出奇必胜，屡立丰功。　　引资开放攀峰。襟怀远，革新路万重。悦卫星环宇，潜龙探海，南巡启智，北斗横空。贫困清零，小康在握，抗疫成功志满胸。多豪迈，正喜迎华诞，国运昌隆。

◆ 吴成伟

高唐官屯村种棚户脱贫记（新韵）

棚户正愁生计难，官屯致富策颁千。

如今遍洒及时雨，何止丰收过好年？

◆ 沈秀丽

奋进时代

遥拜宗亲问此生，恒心奋进正年轻。

雄才伟业能扛鼎，壮志豪情传美名。

◆ 张　鹏

赞高唐县脱贫干部

一入乡村日月长，扶贫化作好风光。

但看此际新楼宇，不见当年旧瓦房。

圆梦家园民悦怿，歌飞时代韵铿锵。

初心无负操劳甚，犹记朝朝暮暮忙！

◆ 张立芳

诗意高唐农家（三等奖）

白云引路到农家，草木芬芳煮露茶。

绿带吻来黄土地，蝶衣牵着小才娃。

民耕画里勤劳梦，党润心头富贵花。

最美高唐书盛世，涵香日子涨诗芽。

高唐桑葚

碧叶丛中紫玉珠，清清水润惠风扶。

日尝三百甜心醉，醉到如仙美发肤。

高唐美丽乡村

林幽花美水温柔，瓜果香甜诱眼眸。

带路和风牵着袖，迎宾灵鸟啭开喉。

一园生态红嵌绿，十里画廊人上楼。

红火清茶三两友，脱贫故事说从头。

感吟脱贫（新韵）

篱笆小院土坯房，风过门歪雨透墙。

炕冷灯昏人瘦瘦，火烧烟呛泪汪汪。

扶贫一策翻身起，撸袖三春洒汗长。

圆梦高楼红日照，心花开向党花香。

◆ 张秀娟

西江月·过高唐抒怀

　　回首经风历雨，几番筑梦耕春，融资融智惠乡民，志向云天发轫。　　齐鲁芳华展翼，高唐大道扶轮，腾蛟引凤物华新，喜看家兴业振。

参观高唐县厨具加工企业感赋

商海披荆气不输，铁肩磨砺竞征途。

喜将岗位了民用，且为城乡把路铺。

智创描红双百梦，爱心洒满万家厨。

高唐数载翻新貌，众口皆夸隔日殊！

◆ 张树新

奋斗百年路　辉煌新时代（古风）

南湖红船扬起帆，一大精神百年传。
镰刀锤头指航向，星星之火已燎原。
红色摇篮井冈山，革命圣地在延安。
自从有了共产党，从此历史翻新篇。
人民当家作主人，三座大山被推翻。
披荆斩棘驱敌寇，一穷二白建家园。
综合国力变强大，智领未来已领先。
撸起袖子加油干，红色基因永不变。
前仆后继跟党走，共产党员冲在前。
战胜疫情斗天灾，同心协力过险滩。
社会主义制度好，基建狂魔树典范。
不忘初心是宗旨，牢记使命是关键。
扫黑除恶国太平，敢揭疮疤不护短。
反腐倡廉在路上，打虎拍蝇清脏官。
经济发展亚投行，中欧投资协议签。
复兴踏上崛起路，全国脱贫已攻坚。
悬浮列车悬索桥，高铁驰骋全领先。
一带一路更辉煌，小康路上永向前。
区块链接数字币，天眼海眼深反潜。
潜射导弹火箭军，东风快递破岛链。
自造航母定海针，深海采冰已可燃。
北斗导航全覆盖，嫦五采壤月背面。
神舟十二进天和，华人进驻空间站。

天问火星搞探测，长八同步太阳转。
一箭发射十三星，华为五G前沿站。
卫星六G已启程，天通一号网互联。
隐身低空大飞机，无人驾驶更超前。
海底隧道变通途，量子九章是霸权。
港澳大桥抗飓风，三峡大坝威力显。
智能纳米信息化，海水植稻创高产。
中药青蒿灭疟疾，中医抗疫除新冠。
核能实现商用化，掌握可控核聚变。
共享共赢共同体，雄冠世界是必然。
风流人物看今朝，九天五洋凯歌还。
中华民族逢盛世，中国梦想定实现。
新时代里硕果丰，献给建党百周年。

中国共产党百年庆典

百年七一铸党魂，革命自有后来人。
奋斗百年永不老，青年先锋永创新。
一个信仰永不变，两个百年同基因。
中华民族要复兴，红色政党定乾坤。

建党百周年　高唐换新颜（古风）

庆祝建党百周年，高唐旧貌变新颜。
不忘初心忆党史，高唐英雄金谷兰。
建立高唐党支部，变卖自家房地产。
领导人民齐奋战，最早解放高唐县。
高唐人民跟党走，残城破壁变花园。
书画之乡博览会，楹联之乡美名传。
翰墨飘香美术馆，古朴典雅旅游点。
文化名人代代出，文化部门齐点赞。
大刀阔斧搞建设，五湖筑起龙启山。
文明牌坊仿古建，绕湖公园赛龙船。
高楼林立树成荫，最佳宜居享清闲。
河湖相通生态化，海绵水城正扩建。
城乡结合奔小康，人民生活比蜜甜。
回顾高唐百年路，脱贫致富路更宽。
社会主义制度好，金城明天更灿烂。

◆ 张冠军

高唐河涯孙村所见

谁把丹青布满墙，大家手笔绘农桑。
小康日子真红火，胜似江南鱼米乡。

◆ 张效宇

高唐古今（三等奖）

碧泽鱼丘闻史长，烟霞苍盖荡悠香。
柴家李井梁山雾，宋塔唐槐迎旭光。
更有时风争霸气，堪无苦禅述沧桑？
文红两旅仙源又，浒岸微酣唱懿康。

◆ 张堂玉

庆祝中国共产党成立一百周年

浩浩中华，五千年古。夏商周朝，两千寒暑。
春秋战国，名家辈出。中华一统，秦皇汉武。
万里长城，丝绸之路。隋开运河，南北通途。
唐诗宋词，文化明珠。四大发明，科技之祖。
宋元交替，明灭蒙古。七下西洋，海上丝路。
清兵入关，明亡于清。康雍勤政，初清强盛。
晚清衰败，国弱民穷。英帝扩张，鸦片输入。
坚船利炮，侵我国土。八国洋匪，烧杀古都。
甲午之战，大败全输。割地让岛，赔银四亿。
虎啖熊噬，凶残无比。母失七子，亡国在即。
中山首倡，三民主义。推翻清朝，辛亥起义。
建立共和，驱除八帝。老袁窃国，军阀割据。
马列传华，一九一七。五四萌芽，共产主义。
中共建党，一九二一。十三书生，共举红旗。
驱除列强，封资阶级。民族复兴，重新崛起。
最终目标，共产主义。国共合作，北伐顺利。

蒋贼政变，屠刀高举。共产党员，鲜血遍地。
紧急时刻，八七会议。党抓武装，南昌起义。
井冈山头，润之举旗。游击战争，建根据地。
星星之火，燎原无比。全国遍布，红色割据。
四次围剿，蒋军败绩。左倾误党，被迫转移。
血战湘江，形势危急。生死关头，遵义会议。
毛公掌舵，化险为夷。四渡赤水，神来之笔。
指南打北，声东击西。跳出重围，快速北移。
乌江天险，金沙水急。怎敌红军，英雄豪气。
越过雪山，跨过草地。反对分裂，战胜张逆。
陕北立足，重建根基。跨河东征，痛击倭敌。
张杨爱国，兵谏事起。我党顾全，抗日大局。
周公调解，事变平息。统一战线，全国成立。
红军八路，红心灰衣。全民抗战，敌后游击。
八年苦战，日举降旗。老蒋独裁，内战重起。
陕北山东，三大战役。蒋军大败，尿流滚屁。
雄师过江，桀纣败息。

嘉兴南湖

一

百年魔怪舞蹁跹，中华民族罹苦难。
睡狮苏醒终有时，十三书生上红船。

二

百年复兴百年梦，嘉兴南湖一船红。
镰刀斧头唤睡狮，鲜艳旗帜映长空。

◆ 张新荣

走进高唐（新韵）

一

走进孙村翰墨香，分明游览小苏杭。

名家画迹斑斓地，赏罢携来诗一囊。

二

山水通幽画里天，风华百载粉墙传。

蓝图一卷谁裁就？喜看鲁西昌盛年。

◆ 张德民

魅力高唐

一县故双城，清平崇武名。

宋时灵寨迹，周代用分封。

环域四湖水，浮屠十级层。

祖先留胜迹，文旅利今生。

注：崇武，高唐旧名。灵寨，明灵寨，宋时清平旧址。用分封，高唐周初封为用国。

◆ 陈立莲

高唐鱼丘湖（二等奖）

曲径飘香叠翠烟，微风拂柳惹人看。

舟划碧水歌声荡，鸟掠青蘋草色澜。

临岸名轩足留迹，入帘术馆墨登坛。

垂纶玉带醉无意，钓取湖光做美餐。

双海湖畔

溽暑炎炎汗水生，蝉鸣树影报云晴。
一山碧浪呈新绿，满眼流光伴晚英。
鲤戏青荷皆自乐，蛙摇水草不时声。
凭栏遥望长空处，独盼凉风爽面行。

夏日望湖亭

山径遥望登顶轮，望湖亭外鸟啾嗔。
闲观待哺黄雏叫，细品急寻慈母辛。
取次觅虫飞数里，纵横动影伴三春。
谁怜舐犊情无悔，朝暮奔忙不顾身。

湖岸路灯

日落渐昏暗，无声照客行。
心神消急乱，脚步亦分明。
收得片言赞，酬还一世迎。
任凭风雨恶，我自笑盈盈。

龙启山小草

梦因青驭醒，携友接天涯。
挥手和春韵，抬头沐晚霞。
颜单芳艳弃，性璞暖风斜。
不记凋零后，安心谱韶华。

山径桃花

夜来春雨润，野渡换容妆。

移步长堤掩，和风新柳扬。

溪鸣招客至，蕊叠引蜂翔。

切惜时光好，宣舒溢雅章。

绿丛蜜蜂

春暖百花艳，蜂儿逐蕊忙。

东园才吮露，西岭又粘浆。

广敛八方味，呈来十里香。

平生秉勤奋，从未叹彷徨。

柴府春风

轻身怀暖意，借雨润香醇。

吻醒千山绿，推开万水粼。

群芳浑欲语，淑气正宜人。

移步栏前望，迎眸是处新。

◆ 范黎青

高唐感怀

鲁西北域自葱茏，厚土藏龙世代雄。

危堞望楼尘事远，重门柴府转头空。

勤劳染就韶光美，发展书成勋业丰。

放眼神州天地阔，征帆再鼓舞东风。

◆ 罗 伟

浪淘沙·高唐扶贫干部

徒步访人家,脚满泥沙。餐风戴月未尝嗟。马颊河边聊小憩,水静无哗。　帮授笑如花,忘却苍华。荒田喜看遍桑麻。待到乡村都富裕,身隐红霞。

◆ 周美栋

饮贯朝暮

舒云采日意驰乎?静澈寒泉有似无。

应物拘身神自守,月悬玉宇水盈壶。

立冬日(新韵)

四序八节续岁长,收休闭蓄遣俗芳。

寒风纳气腾白素,冷木疏翎落褐黄。

九岭三江多涉阅,一经半悟少缄藏。

灵盈笺雪书冬意,老酒篷菊话羽裳。

黄叶盈怀

惠和应风生,盈寒复落英。

枯荣皆有定,进退尽无争。

几叶悲秋变,孤枝待季更。

遵规天地律,循道向阳行。

小　雪

四季轮更地始寒，风摇落叶步蹒跚。

生机隐匿疏苍野，肃杀蓬盈染素峦。

极目霜天封雾影，穷思雪月幻梅兰。

循规应世乾坤道，且使空灵自溢欢。

同频和鸣

天南地北九州吟，共调同频曲意深。

朴素平凡盈有味，浮华幻巧了无寻。

承今秉古谙通性，从昔应时抒众音。

不圣非贤皆入趣，飞龙舞凤灿诗林。

双海湖晨练有感

一隅秋水漾诗笺，白鹭舒姿戏藕鲢。

摇柳逐风芦苇和，浅霞薄晕月钩怜。

情同旭熠腾腾悦，思化晨辉畅畅癫。

盈动四时生息律，蓬开无缚荡云天。

相见欢·龙凤际会

江南塞北龙行。凤和鸣。化感凝思怡豫、畅舒情。　　缜思智。鸾学醉。墨香萦。赋韵诗魂词彩，百家鸣。

菩萨蛮·应物盈喜

清茶壁火陶砂器。心超三界纷繁事。笑应八方风。有无都是空。　　凝思生落寞。纠结对和错。何必累于名。缘来就恭迎。

鹤冲天·启学

求知启学，百艳频芳渡。开释曲词调，精修路。去繁除妄念，平心气、流幽溯。独向文风诉。雅和音韵，律畅尽情诗赋。　　丘川涧水河边路。经历成往事，皆明悟。岁月匆匆过，应黜华、承甘露。笃定无所负。适逢金日，众友一群同驻。

听雪煮茶（藏头）

听真品雅醇，雪舞素弦氤。
煮沸三江月，茶缘自在人。

◆ 承　洁

鹧鸪天·高唐纯美乡风

百载耕耘百业强，烟村已是富饶乡。儒风遍润民风澈，仁义尤添正义长。　　传技术，难相帮。党群皆是热心肠。温馨最是儿童语：长大兴乡作栋梁！

鹧鸪天·高唐乡村新貌

万栋云楼万亩塘，党群共写富民章。有机育菜大棚立，光伏扶贫电路装。　　从建网，到兴商。田间线上订单忙。欣看黛瓦笼新翠，十里烟村入画廊。

◆ 赵　勇

柴府花园

落日花开浪起波，青砖城下一条河。
摇舟环绕鱼丘月，湖畔新人唱旧歌。

一剪梅·雷打雪

十月当初风劲招,素裹银装,大雪纷娇。佳人含笑莫迟归,雷响云端,惊诧今朝。　　陌上香炉使劲飘。袖里乾坤,翻滚如潮。鱼丘谁念落花情,舒展东西,呓语钟敲。

绣带儿·双拥馆

兵役馆前吟,实物动人心。多少英雄长叹,血洒战旗临。　　朱笔写情深。任往矣,战火离今。和平祈祷,安康共筑,运道如金。

甘州曲·雨后

坐鱼丘。潇雨歇,日初头。柳藤摇曳上新楼。吐蕊四方羞。展望眼,能落几多愁?

如梦令·鱼丘

手挽鱼丘恬静。一曲笙歌入梦。遥望彩云飞,生死相依谁共。天命。天命。但念水波流动。

天净沙·游双海

湖光一片云霞。浪掀千朵金花。远望青山似画。白云斜挂。淡吟红酒吉茶。

更漏子·三眼井

柴府前。三眼井。若是游园惊醒。铁拐李。杖深翻。地平水浪翻。　　甜咸苦。几步路。莫道天涯同处。寻古迹,向明天。高唐更路宽。

鹧鸪天·雾锁鱼丘

薄雾浓云秋水间。柳黄落叶浪花掀。天涯何处风流尽,遥望鱼丘那片山。　　轻折梦,洞如天。前堂已是醉人眠。欣然归隐无牵挂,暮鼓钟声到客船。

雪花飞·小雪

垂暮亲临小雪,风摇搅动繁星。游荡云飞起浪,钟鼓谁听。何处无芳草,江南寂寞行。亲到舒云落处,一笑叮铃。

饮马歌·高唐妙

行人邀未到。对酒高唐妙。指柔弹筝调。梵音遥听笑。淡云飞,冷月追,梦落西山俏。孰知道。

◆ 赵永斌

鱼丘湖畔赏春有感

静坐鱼丘畔,垂钓一湖春。

喜沐东风暖,醉观处处新。

小憩佳景里,潇洒似仙神。

莫负韶华好,疾步追光阴。

◆ 赵传林

高唐景点四咏

玉带桥上观景

醉美四湖风景殊,只把高唐比杭州。

两岸垂柳轻拂肩,玉带桥畔观晨舞。

柴府遥观

隔岸遥观柴王府，皇家一脉帝王楼。

水浒秉笔忠义说，流颂佳话传千秋。

兴游大觉寺

栉风沐雨始大唐，兴废古寺重辉煌。

盛世开泰民仰善，佛门洞开渡慈航。

游双海湖

连天黛色映碧湖，四围绿野罩深渚。

平明相看翠荷娇，犹如画中魂梦舞。

无题自嘲

君本无用一儒商，风雅逍遥度夕阳。

白发深皱叠风彩，去留清香恋故乡。

赋闲吟

鬓染霜丝近暮年，花甲退居好悠闲。

湖岸抱孙赏鲤跃，密林邀友逛深山。

夜拍栏杆频把盏，朝听笛音观舞练。

清心尽享存欢娱，心感党恩多笑颜。

仲夏乘凉偶感

一

月挂中天柳岸凉，湖边野花绽芬芳。

风过品茗付诗韵，遥对故乡思情深。

二

仲夏陌上染绿风，燕剪柳梢舞长空。
欲抒胸怀诗情浅，满目翠红画意丰。

◆ 赵英杭

鹧鸪天·咏高唐

百里高秋锦绣图，飞车电掣贯衡衢。惊看广厦层云上，喜弄扁舟双海湖。　　思盼子，拜花姑，琴声袅袅祭绵驹。东风金马何须待，犹见当年齐五都。

高唐前辛村放歌

高唐古邑土河滨，世代陌穷多苦辛。
信史徒闻贤士出，生灵无奈合家贫。
三春喜雨承天泽，万里熏风值令辰。
来日同圆小康梦，叙功旨酒宴芳邻。

咏朱希江先生

才人凌架出高唐，笑傲尘凡自慨慷。
墨染牡丹开境界，情钟水浒奏华章。
三千画卷诗联妙，两地文坛桃李芳。
恭祝先生松鹤寿，云霞锦绣九如长。

◆ 耿金水

游延安（新韵）

百回梦里去延安，宝塔登临感逝年。
遥望当时烽火处，伟人挥手指江山。

◆ 聂振山

观李苦禅画感吟

画屏翻墨浪飞腾，收尽千峰锁裱绫。
猜许曾言对灵鸟，笃描每笑起雄鹰。
天寒能送百荷艳，影去长留一代称。
若问宗师真迹几，知情应是那油灯。

◆ 高红梅

四湖剪影（三等奖）

神州八月动秋声，静水流深黛墨情。
书画之乡夕照晚，四湖剪影靓金城。

南湖行（新韵）

水影星河托冷月，呼朋唤友逛金城。
高唐夜景君来赏，舞曲箫歌伴夏风。

南湖夜色（新韵）

夜色阑珊湖水漾，灯光辉映照金城。
闲庭信步石阶上，秋去冬来瑟瑟风。

金城彻夜火独明（新韵）

初春瑟瑟冷凄风，万树繁花若锦重。

新月一弯枝上挂，金城彻夜火独明。

俊卿诗客邀同去，姐妹文朋诉友情。

细语轻声频掩笑，相逢已是醉君行。

登龙启山望远

登高望远庭，湖水入眸盈。

秋叶随风逝，君无缱绻情。

林中飞翠鸟，落寞丽人行。

回首石阶下，呢喃细语声。

花非花（四首）

一

幽兰香，院中住。馥郁袭，盈眸处。尘埃一梦落花扬，化作春泥皆入土。

二

阶前花，路边树。夏雨侵，盈珠露。纤尘何醉任风邀，落去芳华归有宿。

三

鸳鸯亭，刻花柱。客用心，馨明目。形姿各异画堂春，醉梦仙霖依旧户。

四

南湖南，水如黛。袅袅音，传天外。繁华深处女人花，红上高唐一抹彩。

◆ 高怀柱

赞书画之乡高唐

书画兴隆地，文明富足乡。

万家盈雅气，百业涌春光。

时代风华美，人民幸福长。

五星旗帜耀，岁岁展辉煌。

题乡村诗书画社

盛世人生兴致高，心迷翰墨弄诗潮。

精描雨润禾千亩，细写风滋柳万条。

蛙唱旧声皆合谱，燕谐新韵不须敲。

小康同咏耕耘赋，一展豪情上九霄。

游高唐书画一条街

画街盈雅秀，文脉润华章。

家家诗书美，户户翰墨香。

地灵同创业，人杰共图强。

盛世新时代，高歌度小康。

◆ 高淑红

西江月·春信（三等奖）

水暖戏鱼惊梦，小城叶绿花红。纸鸢谁肯醉长空？十里春风最懂。　　龙启巍巍远眺，禅音袅袅晨钟。湖西草径翠裙浓。杨柳依依痴重。

西江月·春华

无限春游欣赏，鱼丘湖上双桨。柳颦倒影玉梳妆。新绿莺儿声朗。　　诗景画屏流淌，黄牛耕地家乡。一年生计岁华芳，创业前行向上。

点绛唇·秋结

金菊初黄，梧桐树下飞秋叶。团圆时节，天眍同明月。　　相约佳期，花赏观蝴蝶。石榴结。开怀笑裂，红玉无霜雪。

鹊桥仙·槐色英魂

国槐有幸，天祥无悔，古树丹心相照。高唐一夜赋诗豪，史留迹，青云长啸。　　忠魂正气，山河可鉴，民族脊梁骨傲。凛然赴死不弯腰，愿天下，富盈梁稻。

鹊桥仙·大觉寺悟空

朝云红瓦，佛光梵塔，大觉寺门普度。清闲隐士伴青松，古钟荡，诵经禅悟。　　湖烟香影，秋山冷月，圣境虔诚无语。参神修定在心中，避尘俗，汝今持否？

鹊桥仙·柴府怀古

宋朝官邸，柴家皇苑，拱手江山无奈。丹书铁券亦徒然，仰天叹，蛟龙浅海。　　李逵探井，侠肝义胆，水浒英雄慷慨，高唐屡上说书台，若烟事，细听详解。

点绛唇·秋弦

马颊河声,渔舟唱晚秋惊雁。时光悠远,名曲音清浅。　　尺八吕才,破阵秦王殿。传千卷,清平建馆,青女鸳鸯现。

◆ 郭小鹏

高唐印象(新韵)

双海湖波遥望深,大觉寺里有禅音。
荷边锦鲤题诗雅,云外青山入画真。
千载墨香皆尚艺,一城水韵尽崇文。
忽疑此是江南景,那缕夕阳也醉人。

诗意高唐(新韵)

信步闲行杨柳堤,朝霞淡淡露沾衣。
风裁溪外丹青笔,燕剪云边苍翠枝。
碧水绿荫皆入画,湖光山色尽成诗。
久闻秀美宜居地,今日我来应不迟。

◆ 郭云峰

庆祝中国共产党建党一百周年

一

党恩浩荡传四方,百年华诞齐颂扬。
光辉岁月坎坷路,砥砺前行铸辉煌。

二

红旗飘扬百花香,华诞百年共举觞。
岁月峥嵘坷坎路,辉煌党史焕新光。

◆ 崔春青

致敬戍边英雄

彪炳千秋万世雄，英豪热血贯长虹。
红旗飞舞扬高地，风骨昭彰印昊穹。

赞高唐诗词传承

文脉至今随叶茂，中华自古傲风萧。
诗词文化传家宝，笔墨纸章扬国骄。

文房四宝

笔

三寸毫端书大典，乾坤出自一文间；
写风画月描天地，万丈红尘不等闲。

墨

文人案上有方圆，流水行云入画田；
一缕清香林间色，江河山石现君前。

纸

甲骨金文竹简长，精挑杂木制琼浆；
蔡伦造纸开先例，方有文明自古扬。

砚

深山得石爱无休，笔纸人生镇画楼；
精刻细雕金不换，胸存翰墨度春秋。

岁月诗心

笔墨诗书传世家，锅盆瓢碗度芳华。

晨听屋后风追鸟，晚看楼东雨打花。

才入枫林尝圣水，又登山顶赏云霞。

若无技艺能糊口，哪有闲心品茗茶。

苦老少年读书处

隙驹悠远入堂前，思绪萦回绕梦牵。

墨砚书台常笑语，同窗灯影总留连。

欣愉月韵千波涌，细品云霞百草鲜。

可聚今朝酬夙志，骊歌美酒话佳缘。

注：李苦禅大师，时人尊称"苦老"。

文脉相承

人生百载德为先，日月安然越岁年。

齐鲁古风飘律韵，神州大地遍英贤。

绵驹歌舞正民俗，尺八吕才留史篇。

祖辈传承继文脉，悉心教化命宗延。

注：吕才，高唐清平镇吕庄人。唐代哲学家、唯物主义思想家、无神论者、音乐家、自然科学家，通晓《六经》，尤长于乐律，且有专著和创造，发明乐器尺八。

◆ 崔金栋

颂长津湖战役

千年积雪万年冰，铁骨铮铮岂为名。

壮士沙场何惧死，肉身雕塑让人惊。

缅怀英烈

脊梁挺起对苍天，铁铸倾城盖世颜。

气贯春秋千代映，英魂永驻雪花间。

颂抗美援朝冰雕连（新韵）

山河破碎断萍家，血战英雄豪气发。

纵使寒冰刺骨雪，千秋誓死与敌杀。

保家卫国

万里山河皆热血，神州处处好儿郎。

何辞百战穿金甲，纵死不敢愧炎黄。

古韵高唐

齐鲁古风韵，绵驹仙曲长。

斯人化民俗，兹世念高唐。

尺八乐飞律，吕才音绕梁。

诗词歌舞技，艺术自生香。

破阵子·缅英烈
——参观高唐县双拥馆有感

一百年来家国，三千里地山河。烽火四燃前线搏，为国捐躯壮志歌，未曾惧弹戈。　　斯世春风满眼，沙场犹忆降魔。昌盛繁荣当代事，君已归兮可奈何。独怜泪眼多。

点绛唇·英杰颂
——怀念牺牲在抗美援朝战场的 59 名高唐将士

每敌边侵，必拼胜利当豪饮。战场重任，何惧流红浸。　　报国先驱，英杰花中锦。痛益甚，夜深孤枕，斯世怀高品。

点绛唇·梦军营
——颂徐希芳等高唐籍一等功臣

章抚心弦，红墙衔接疆场远。狼烟岁短，常梦连营见。　　星斗伴眠，军旅情难断。深夜战，炮声梦现，泪满晨醒面。

鹊桥仙·边关月
——致敬王凤来等高唐籍老兵

仲秋叶落，沧桑增岁，晚独饮醒复醉。云遮明月又思谁，宵寒里、露霜似水。　　边关戍守，雨凉夜黑，轻死生狙敌退。开疆战士少安归，自古起、征人洒泪。

喝火令·疫消岁安

遍地新冠影,环球戾疫情。不堪生命总凋零。龙马远胜驴象,魔毒已判刑。　　首创封城策,神州齐警醒。万心归一控防赢。静候佳音,静候运常行。静候九州惊世,祖国更繁荣。

注:2020年6月,经过艰苦卓绝的努力,中国用一个多月时间遏制了疫情蔓延势头,用两个月时间将本土每日新增病例控制在个位数以内,用3个月时间取得了武汉保卫战、湖北保卫战的决定性成果,维护了人民生命安全和身体健康,为维护地区和世界公共卫生安全作出了重大贡献。

◆ 崔宝心

冰雪恋竹梅

冰姿自有仙风韵,色雅尤添白雪情。
玉骨何愁宵瘴雾,疏枝已蕴晓春城。
江涵雁影梅花瘦,月映山林竹叶轻。
轩鹤深期幽梦现,檀心浅嗅暗香生。

临江仙·金城岁暖

莫道雪年冬浅薄,诗情驱走霜寒。春风岁暖到龙山。白萌萌掩地,蓝袅袅生烟。　　雨露随风香沁处,瑞芽灵动心田。鳞鸿鱼雁韵三千。引歌高调里,寄语白云边。

古渡怀思

梦断残垣云雪空，秃墙落叶景相同。
旧桥可见前朝浪，斜岸谁留上古风。
淡淡青烟寒树瘦，幽幽浅水冷渠穷。
愁肠杂绪难言意，暂寄运河雨雾中。

◆ 崔春刚

缅怀忠良

佳节湘君忆国情，汨罗感慨向谁生？
不祈艾草过端俗，但慰英灵享太平。
日日婵娟增发白，年年晨夕照江明。
光茫荡漾冰清水，万古忠贞岂为名！

怀念故亲

起伏人生有别愁，落花残月梦魂忧。
讲台教育千家子，学校传承半世牛。
一纸相思何处寄，满腔遗恨问谁求。
高堂驾鹤随天曲，难赋诗词祭泪流！

侠义高唐

救弱扶危好汉帮，千年耕读自谋强。
儒风遍润民风澈，仁义多随正义长。
县镇已无贫困户，乡村皆是侠柔肠。
柴门豪气传千古，除暴英雄天下扬。

高唐小康

香气沁心花斗艳，春风拂面喜临门。

勤栽果菜摇钱树，广种瓜菌聚宝盆。

科技扶贫穷困户，大棚致富小康村。

清茶袅袅农家乐，美酒频频谢党恩。

水城新韵

栋栋街区桥岸旁，村村共写富民章。

古楼光岳湖中立，大觉金瓯房顶装。

江北聊城河网密，水湄锦鲤订单忙。

黛墙青瓦映新翠，熙攘鱼丘入画廊。

注：江北水城聊城为历史文化名城。湖河众多，流域面积30余平方公里，流经河流23条，东昌湖、鱼丘湖、金牛湖、双海湖相互辉映。高唐乃"中国锦鲤第一县"，"高唐锦鲤"为"国家地理标志保护产品"。

龙启雪霁

茶邀浓酒聚隅东，鹤伴轻风划碧空。

云白水清书画里，月明星灿李桃中。

诗肠三寸谁能共？词事一腔人不同。

梅绽枝头迎客曲，雪飞山径待春红。

注：龙启雪霁为高唐一景，即龙启山雪景。

接福迎春

辛丑扬鞭报岁安，鼠随庚子月轮还，
神州大地披新绣，时代金牛迎旺年。
万丈红尘春满院，一堂吉语福齐天。
开明盛世争芳艳，傲雪香梅谱锦篇。

书画追梦
——孙大石美术馆参观有感

亭台秀韵湖中起，俏扮林园游锦鲤，
泼墨写生现泰山，描红运笔透宣纸。
凉风习习慢吟诗，白雪萧萧细润履。
临畔梅花飞暗香，寻春乡客梦金紫。

除夕报春

庚子旧轮除夕满，凌晨读秒报春天。
牛来一夜连双岁，鼠去五更分两年。
辛丑通宵诗配酒，时空七律韵开篇。
俏梅新蕾展香艳，锦绣神州同日圆。

西堤寻凉

三伏炎炎觅晚凉，几多金鲤戏荷塘。
渔船靠岸荡青草，水鸟随波逐夕阳。
苇叶有声疑疾雨，浪花无际似沧浪。
半生创业打拼客，何日锦衣归故乡。

注：西堤垂钓为高唐一景，在西北湖之两岸。游人既可观鱼亦可垂钓。

◆ 崔春杰

颂高唐民间文化艺术之乡（二等奖）

古代非遗亦盛行，民间手艺贡珍名。

麦秸作画无穷意，木品雕根有独情。

黏土捏泥人俊逸，轩窗剪纸雀轻盈。

志趣高雅农家慧，栩栩如生入帝城。

注：2015年1月6日，高唐县被国家文化部命名为"中国民间文化艺术之乡"。

高唐力量

风雨蛟龙邪魅影，铁肩勇士请缨行。

一方有难何多虑，八面无私奉赤情。

灾祸横流彰大爱，英雄纵马救危城。

同舟共济征洪兽，万众降魔战必赢。

注：2021年7月11日晚，高唐遭受百年不遇极端天气侵袭，清平镇三十里铺出现暴雨、超强龙卷风。县委县政府连夜组织救灾抢险，县直各部门第一时间紧急行动，49支各级各类志愿者队伍同心抗灾，把损失降到最低。

颂高唐书画之乡

琴乐诗风画彩霞，丹青醉纸笔生花；

砚含雪月书棋韵，墨色香人胜酒茶。

注：1997年4月15日，高唐县被国家文化部命名为"中国书画艺术之乡"。

◆ 崔春波

周总理逝世四十六周年纪

故里又逢元月八，江山锦绣映农家。

曾经岁岁断肠日，依旧年年垂泪花。

四海千秋君不老，九州万代思无涯。

苍松翠柏寒梅艳，远望长天身影斜。

致敬英烈

立誓必圆先辈梦，何辞马革裹尸还。

沙场方显男儿志，战火尤雄赤子拳。

忠义光明同日月，功勋盖世照山川。

江河翠碧潮声震，华夏凭君梅雪妍。

高唐四平调

人生百载德为先，岁月悠悠越岁年。

齐鲁古风飘律韵，神州大地遍才贤。

绵驹歌舞正民俗，音调四平唱史篇。

非遗传承继文脉，悉心教化艺长延。

注：山东省非遗项目老四平调之传承人郭汝河，高唐固河镇前坡村人，曾参加省首届曲艺会演获一等奖，且赴京参加全国首届曲艺会演。现四平调传承人为相东方女士。

夏凉雅室

焦忧落寞复何如，庭院炎炎志渐疏。
蝉恋清风来驱热，窗携纱帽望回庐。
心无杂事自然定，眼有诗情正好书。
幸泽雨逢冲大暑，凉生雅室百烦除。

秋枫怀思

满目红妆入笑嗔，枫林拥抱自天真。
诗怀紫气本无俗，赋兴青山别有神。
最是流光思半世，漫言佳节念双亲。
情萦玉笔千般爱，墨洒香笺寄远人。

秋日茶吟

鱼丘湖岸日西斜，独望旧炉煮淡茶。
秋菊飘来低戏水，塞鸿飞去远归霞。
寂漻白露忙中过，斑驳银霜鬓上加。
轻触流年无奈处，勉将诗句慰韶华。

冬夜怀远

阳生冬至冷眉颦，雪打凉波沁满身。
月隐空怀时节志，云寒莫问古今神。
临思亦抱离愁憾，寄远犹关别梦亲。
律转岁除难展卷，朔风烈烈念征辛。

◆ 崔春辉

齐鲁风范

仲尼风骨孙兵圣,武略文韬同日升。
岱岳泉城生雅趣,黄河曲水傲寒凌。
莫言诺奖楷模棒,数学刘徽算术称。
震撼四方追梦者,初心不负志尤恒。

柴府咏叹

高墙深院静悠然,曲径幽廊门洞弯。
道路庭园车如练,宾朋厅宅客犹闲。
救人好汉伸正义,落井英雄锄逆奸。
水浒风云卷北宋,古今柴府感梁山。

书香生涯

时来网络芳林下,难舍务工挣小钱。
眼望红尘深万丈,心中常爱一书田。

芳草相知

山边幽壑枉凄迷,春雨萌萌归路迟。
花草不言儿自惜,年年岁岁两相知。

风月消愁

泪落哪般情愫伤,愁深借酒复彷徨。
清风明月若相伴,胜却烦忧绪浩茫。

酒别往事

为别一杯今夕酒，云烟往事莫强求。

风花残露双飞尽，雨化尘缘三世愁。

春景入梦

三月初妆杨柳风，美人轻拂杏腮红。

凭窗试问锦衣燕，往岁可曾春梦同。

腊八接小年

牛牵岁尾送清香，虎贺丰收迎节忙。

腊八精熬粮八味，小年笑接福千乡。

寒潮隐隐朔风逝，瑞雪飘飘喜气扬。

且饮粥汤舒暖胃，姜糖祛病保安康。

吉祥粥全

紫气祥云伴佳缘，今逢腊八意翩跹。

春迎富贵四方客，福传诗书万顷田。

应共无涯承祖德，自强不息续宗贤。

举杯多少暖心话，雪舞红梅蕴美篇。

◆ 崔春磊

初梦诗心

壮志铮铮向天问，闲愁曲曲莫相寻。

红尘荣乐本逡遁，豪杰沉沦因靡音。

谁睬髭须明似雪，敢云肝胆殷鸣琴。

我携翰墨藏初梦，逸笔辞章自当吟。

龙启山之春夏秋冬

不曾相问谁怜我，瞑瞑世尘一草根。

春盼暖阳芽出土，夏思美景绿盈门。

秋牵枫叶随风舞，冬抚红梅共雪存。

幸伴暗香花两朵，诗词韵律留雅痕。

注：龙启山为高唐一景点，一年四季风景优美。

夏荷风韵

湖滨鱼戏莲风采，菡萏含苞次第开。

淡淡盈盈追绿去，婷婷袅袅荡舟来。

芙蓉脉脉芳菲现，枝蔓层层绰约栽。

桃艳梅香梨杏白，红荷粉粉雅高才。

秋景如画

大地秋浓词最知，齐鲁诗友赋秋时。

蓝蓝天幕秋成画，习习凉风秋似诗。

秋柳鸣蝉归意早，秋枫落叶去思迟。

佳人才子寻秋韵，胜景秋颜入碧池。

冬入诗梦

默默回身又一年，寒风萧瑟雪飞天。
流光岁月催人老，落魄天涯悔事偏。
万丈红尘诗佐酒，七言佳作韵同篇。
半生幸会寻知己，格律词联伴乐眠。

华夏崛起

神舟十二太空飚，天问遥飞入玉霄。
曲赋诗词歌盛世，山林河海舞蛮腰。
福临华夏千秋业，泽被城乡万代骄。
崛起九州风雨路，一枝独秀在今朝。

鱼丘落霞

雨后重云显霓虹，清新枝叶绿葱茏。
暖阳炫彩生天外，湖中朝霞共比红。

白鹭双飞

徒骇河边白鹭飞，秋波绿韵草鱼肥。
成双嬉水缠绵意，已忘斜阳向夕归。

泪伤离情

欲雨青苗起父茔，难言半世寄离情。
每伤岁月村西地，梦见音容泪息声。

◆ 崔晓玥

与岁月共度时光（古风）

等在时光的渡口，乘着岁月的轻舟
在顺境盈盈飘荡，静享人生的芬芳
在逆境浪遏飞舟，收获别样的风浪
如果在辽阔沙漠，就站成二棵胡杨
根在尘土里营养，枝叶在风里飞扬
不惧红尘的情殇，没有世间的迷茫
如果在万里长空，就做一对鸟飞翔
哪怕在雨里穿行，只要能风里成行
飞过壮丽的山川，越过银河还成双
如果人生可永恒，一定陪你去远方
向西方唤醒晚霞，朝东方寄托信仰
去南方寻觅希望，到北方共赴花香
静静地默守坚强，于尘世永驻芬芳

高唐雪景

亭台脉脉期回首，杨柳依依思故缘。
最爱金城晴后雪，银装素裹映红颜。

月照丽影

笔墨诗书传世家，无边学海度芳华。
精研技艺酬方志，灯影砚田伴岁涯。

心花芬芳

群芳开已尽，心曲自舒张。

千绪同松竹，独君担雪霜。

幽幽清淡绿，粉粉细绵黄。

吾若为天帝，封卿做圣王。

观《长津湖》

英雄血战气豪侠，保卫山河守护家。

誓死千秋平贼寇，冰雕万代自生华。

学海无涯

绿遍湖堤青满山，春风送暖雨如烟。

飞花岁月闲情少，默默耕耘在墨田。

贺高唐被中国楹联学会授予"中国楹联文化县"称号

书画之乡飘律韵，楹联其魄照乾坤；

满怀山水扬正气，一副词章立国魂。

◆ 崔晓菲

青岛海滩

浩荡欲天接，波涛铺地来。

石棱流素浪，海市起楼台。

齐鲁金沙耀，乾坤玉窍开。

经年迎紫气，高阁镇妖灾。

浪淘沙·新年贺岁

起舞贺丰年,虎啸冲天。疫情消控破冰寒。勠力同心持胜券,赓续宏篇。　　春色秀人间,锦绣河山。运筹接力誉金冠。壮志虎威新盛典,国梦须圆。

辞旧迎新

金牛辛丑贺收成,携袖壬寅虎啸鸣。

身寄丰年同众乐,心怀瑞气伴春行。

人生在世何需怨,岁月衔悲不复惊。

展望平安从善愿,迎新辞旧尽康宁。

赞时代楷模张桂梅

心似莲花身似藕,污泥潭中身无朽。

曲折蜿绕池塘生,皎洁纯姿不带垢。

南乡子·寒窑苦

六百火炉年。陈迹泥封紫禁园。陶土贡砖多许瓦,难言。经历春秋困犹艰。　　洇焙尚余残。岁月尘埋世代寒。几百古窑无限事,凄然。演绎皇宫苦与酸。

卜算子·梅雪恋

万里苍茫望,岁送严冬到。湖畔红花伴雪娇,含蕾香梅笑。　　雪不掩秀姿,只把梅依靠。凛列寒风严相逼,自有心相照。

◆ 崔晓淼

颂中国文字

常替兴衰传史声，春秋挥墨报贤明。
锋豪可绘千年画，柳骨尤书万载情。
寂寞人生尝冷暖，蹉跎岁月论输赢。
容颜精致温柔性，隶草行楷天下倾。

建党百年跨世纪（古风）

南湖红船启明灯，民族航标新希望
南昌起义第一枪，军人血气化朝阳
坚定步伐为理想，历尽困苦与沧桑
井冈山上大会师，革命领袖握手望
五反围剿更艰辛，万里长征转战忙
遵义会议转折点，钢铁脊梁领方向

四渡赤水出奇兵，大渡河上鬼神泣
泸定桥头创奇迹，翻越雪山过草地
长征路上多险阻，迈过腥风和血雨
开辟敌后根据地，八年浴血斩荆棘
三大战役灭顽敌，百万雄师撼天地
晴天霹雳一声吼，全新中国已成立

东方雄狮露锋芒，抗美援朝树威望
保家卫国何惧死，卧冰蹈火更顽强
中印中越反击战，铁血将士豪气扬

红旗猎猎展疆场,青春默默写辉煌
战火纷飞燃岁月,和平年代重国防
常胜之军惊世界,庇护华夏得安康

改革开放富裕路,经济战场捷报扬
科学发展新征程,中国速度耀东方
中欧投资谈判成,第一第三全球通
RCEP协定已会签,全球最大自贸场
粮食喜获十七丰,一带一路更嘹亮
脱贫攻坚得胜利,华夏神州已小康

卫星定位精又准,北斗导航全组网
世界高铁新标杆,京张高铁运营畅
时速再次破纪录,自动驾驶智能强
奋斗者号又深潜,突破万米纪录榜
嫦娥登月探测器,圆满回返并采样
神舟载人再飞天,空间站接核心舱

民族复兴坎坷路,天问火星奔太苍
新冠疫情措施棒,中国模式世界扬
和谐大地处处春,航母导弹豪气壮
强汉盛唐中国梦,伟人接力拓华章
昂首阔步新时代,一代更比一代强
党徽熠熠红旗展,高擎斧镰铸辉煌

端午感怀念屈原（骚体）

值端午兮念灵均，无艾棕之温馨。

汨罗江兮波如银，望浪涛之氤氲。

敬忠臣兮以命谏，患社稷之安稳。

问天道兮何踌躇，悲正义之无助。

万古叹兮江水深，骚人道之不沉。

日月鉴兮照江畔，应见楚之臣心。

湘君神兮指如玉，千年弹之曲魂。

离骚经兮卓不群，雷霆怒之天问。

风激烈兮豪杰逝，国人悲之泪奔。

西风萧兮湘水悠，白草芳之离秋。

日暮沉兮云霞收，薄雾起之悲幽。

千载贤兮如刹那，几人同之名留。

今犹哀兮何所思，山河怜之君寿。

平君情兮珍日月，冰心洁之不朽。

魂魄归兮名永驻，江虽涸之誉长流。

楚辞美兮悬九州，九歌九章之齐奏。

路漫漫兮其修远，上下求索之泰斗！

◆ 崔恩泉

肝胆夙志

夙志铮铮天际问，酱香何寄苦频寻。

红尘起落探名窖，豪杰沉浮得玉音。

谁睬髭须明似雪，敢云肝胆贵于金。

醉吾翰墨贡砖酒，逸笔辞章自当斟。

工匠精神

黄河故道满沙尘，工匠取来便有魂。
筛制焙洇成贡品，窑砖金殿定乾坤。

◆ 韩　萍

南湖丽人

天际晴云画笔裁，水边暖日去还来。
人生自在亦如此，悟学常盈菊蕊开。

◆ 韩风顺

游双海湖（二等奖）

一湖景色满池荷，绿水蓝天诗意多。
鱼跃龙门翻白浪，舟行双海荡清波。
黄鹂阵阵鸣垂柳，鸿雁声声奏凯歌。
听得渔翁朝我喊，邀君饮酒赴南驼。

向阳花
——献给党的十九大

党是太阳民是花，红心向日映朝霞。
清风吹得千山秀，浩气赢来万户夸。
快递小哥飞宇宙，巡逻航母走天涯。
凌云壮志迎盛会，献策谏言强国家。

注：快递小哥——特指天舟一号运载飞船。

国庆颂

——写在新中国成立七十周年的日子里

开国征途七十秋，丰碑伟业满神州。

蛙鸣共唱江南曲，燕语齐吟塞北楼。

敢教卫星天宇走，能驰航母海洋游。

忽听丝路驼铃响，双百蓝图举目收。

习主席深入边寨关心群众喜赋

春风吹拂万山青，边寨欢呼尽笑声。

询问东坡修堰事，考查西岭看民生。

凡人百姓系心底，社稷边关列议程。

顺手掀开锅盖架，亲临农户察乡情。

出　征

壮士出征黄鹤楼，凌云雄志不言酬。

深情化作及时雨，厚意携来话远猷。

吾欲寻诗歌武汉，尔能献赋颂神州。

同心协力长城固，待到春回画里游。

党旗颂（新韵）

南湖震荡铸灵魂，时代迎来领路人。

锤子撬开新岁月，镰刀割断旧乾坤。

江长滚滚千帆过，水碧潺潺万木春。

潜海飞天追远梦，潮头勇立喜音频。

新农村（新韵）

路阔栏欢气象新，秃山变绿地生金。

辞工小伙回张寨，出嫁姑娘去李村。

门外黄花分外艳，庄前乔木已成荫。

是谁栽下摇钱树，饮水思源谢党恩。

战台风

台风来袭势凶狂，毁我农田毁我房。

党政同心颁号令，兵民携手筑铜墙。

不容魔鬼侵红店，必使江东着绿装。

灾后天晴霞溢彩，鱼丘处处尽朝阳。

清平乐·鱼丘春色

春风扑面，绿了南湖岸。蝶舞蜂飞围我转，红杏牡丹满苑。　　龙腾山上风光，鸳鸯亭下花香。遥望金城景色，犹如梦里苏杭。

◆ 鲁海信

儒武高唐

千秋古邑美高唐，泼墨为魂雅韵扬。

铁卷丹书柴府继，旋风义举恶官亡。

英雄辈出清平乐，才俊时生社稷昌。

人杰地灵青史在，今朝奋起熠辉煌。

注：旋风，指黑旋风李逵。

再到鱼丘湖

鱼丘湖水荡清波，柴府飞檐宏宇峨。
璀璨明珠镶碧岸，玲珑美馆嵌芳坡。
游人泛舸添情趣，俊鸟翔天啭恋歌。
气爽神怡祥瑞地，高唐秀雅咏吟哦。

◆ 路泽华

沁园春·归途（二等奖）

亥去无声，鼠来增岁，时光未停。望神州大地，人来车往，城郭僻壤，鞭炮声声。游子蜂拥，人声鼎沸，一路徜徉步履轻。年将至，恰归心似箭，望断行程。　春节何等多情，桑梓地悠然入梦中。看大街小巷，千门万户，满庭祥瑞，灯彩通红。千里迢迢，车轮飞转，遥想亲人翘首迎。家益近，又见吹烟起，满院香浓。

游聊城九州洼月季公园（新韵）

逍遥步绮园，胜日九州鲜。
翠柳摇香韵，娇莺掠碧涟。
和风吹玉塔，火镜照花山。
忽见飞泉起，喧腾可沸天。

咏竹（新韵）

相依簇万杆，直立入云端。
朝日生青翠，夕霞散紫烟。
风狂识品性，雨骤见英贤。
今又思君子，高洁媲九天。

游聊城植物园（新韵）

丹青醉客心，精妙自天神。
草色铺茵毯，花香散紫云。
蜂来缠玉树，莺去觅知音。
小憩林荫下，微微暖气熏。

观珠港澳大桥（新韵）

伶仃洋上起长虹，天地长衢大贯通。
划过蓝天云作伴，穿行大海会龙宫。
一龙飞架八方水，两岛恢弘四季风。
转眼尽收三地景，南疆激荡九州情。

痛悼袁隆平院士（新韵）

神州大地起悲风，痛悼英贤驾鹤行。
泪雨纷飞滋沃土，嘉禾万里泣袁翁。

祭　母

哀乐低回泪雨飞，白花含恨祷娘归。
心如刀绞声声叹，涕泪滂沱步步衰。
冷雨飘零邻里痛，凄风呜咽众亲悲。
儿哭慈母今先去，只恨无缘报煜晖。

寒食节（新韵）

又到寒食细雨濛，梨花零落冷风清。
仙慈坟上添新土，爱子炉前起恸声。
涕泪双流难再见，长跪重诉盼相逢。
人生自古终将老，莫待亲离孝不成。

屈　原

汨罗江上有奇冤，君子怀石向溃澜。
长恨抱璞无处诉，忍将热血荐轩辕。
沉浮江水飞白鹤，云卷云舒上九天。
楚韵香风情未竟，龙舟竞渡祭屈原。

父亲节感怀

天下父母心，爱子情最真。
人当行孝道，莫忘敬双亲。
伏卧冰河上，求鱼报慈恩。
柴门风雪夜，为父暖寒衾。

◆ 蔡浩彬

沁园春·咏高唐新貌（三等奖）

　　海岱凝芳，水浒驰名，唤我放怀。记鱼丘夜雨，溪山妩媚；马湾春晓，花木铺排。彩焕风流，灯明街市，多少游人浩荡来。流连久，有栝蒌农产，喜漾霞腮。　　古城千载雄哉，好领略高唐气象开。想吕才哲士，与民共苦；绵驹歌谱，把景新裁。一片丹心，琉璃抗战，遥仰先贤骋俊材。欣今日，要凭临纵目，携梦登台。

◆ 崔春杰

高唐力量之古今赋

磅礴高唐之力量，飒爽英姿已焕发，郁郁葱葱之旺季，草木生机尤勃发；齐鲁高唐之大地，芸芸物宝接天华，大展宏图之规划，创新时代显芳华。

历史现实之今往，憧憬未来以浮想；华章奏响之激昂，跃跃心动盈激荡；挥洒诗情之宽广，作赋记之概当以慷。

大地苍莽，风雨浩荡，悠悠日月，古韵悠长

文化高唐兮远自洪荒，沐浴华夏之文明，历经风雨之沧桑；黄河文化兮齐文化，水浒文化兮汉文化，纵横交汇之源远流长。古代高唐兮起源春秋，齐国西境之高邑，迄今二千八百载，各类文化之发祥腹地。齐桓公行五都之建制，高唐为都乃其中之一，成就其霸业，确立其霸主地位，齐国西部军事之重镇，于齐史中细细体味。清人吴敏树《高唐》诗曰："名都闻自古，齐右接诸州。歌响无新曲，衣冠但昔游。风高云过野，城静鸟登楼。北道悠悠去，寒多欲旅愁。"

建城定名之称谓来历，一为炎帝后裔，在此所建高国故都，又齐文公次子公子高于此受封所建高邑，故取其"高"；二为唐尧帝命禹治水，功成于此，为念唐尧夏禹，故取其"唐"，遂名高唐，此盖华夏文明之一源流也。高唐故城，于禹城伦镇小城子坡村南三里处，为三城叠压。时序五千年前，炎帝后裔，分封此域，建高国都，后因战亡；四千年前，大禹治水，于此息土，埋土为城，后称禹息故城，黄河泛滥改道，故城埋于地下；时至春秋，齐国于故址，复建高唐，卫戍边陲，是三叠压也。后毁于东晋，时迁现址。

明人谢肇淛《西江月·过高唐》词曰："古道连天芳草，荒城咽月寒钟。当年歌管沸春风。此日孤灯谁共。　墙外莺啼新绿，枝头雨洗残红。世情回首总成空。休认阳台闲梦。"

清人龙图跃《高唐旧城》诗曰:"高唐故堞委荒村,伦镇西偏旧址存。早有赵人渔远水,更无盼子守西门。千年兵燹青磷老,终日风沙白昼昏。嬴政长城空万里,何尝一代感秦恩。"

清人王家相《过高唐州》诗曰:"高唐旧是齐西邑,今日看碑又一过。车绕荒城流水疾,风喧老树暗尘多。歌声易好绵驹里,禹迹难寻马颊河。我欲读书三万卷,汉延朝夕响鸣珂。"

华夏汤汤,大国泱泱,文明积淀,秀美高唐

尧、舜、夏、商时代,高唐属兖州之域。西周周文王分封诸侯,高唐被封为姬姓之用国。春秋为高唐邑,汉置县,唐宋元明清置州,民国复县,沿用至今。居中原衢衢,官马大道,南通吴会,北拱神州,位置显要;黄河文化汉文明,浇灌孕育,旧志曰:"上古之民朴,中原之士敦",钟灵毓秀,土肥水盈,经济文化,渐至发达。民五十一万众,地九百六十平方公里,为祖国万分之一。温带气候,四季分明,光照充足,物产丰富。种植棉花,享有盛名,历经百年,昌盛不衰。旧志曰"为州民恒产","货以木棉,甲于齐鲁",素有"金高唐"之称;古迹众多,雅韵悠长,人杰地灵,荟萃群英,乃中国文化部命名之"中国书画艺术之乡""中国民间文化艺术之乡",乃中国楹联学会授之"中国楹联文化县",亦为"全国文明县城""国家园林县城""全国社会治安综合治理先进县""中国锦鲤第一县""山东省文化强省建设先进县"。以表诗联书画文化之悠远、历史人文精神之深厚。

唐人沈佺期《饯高唐州询》诗曰:"弱冠相知早,中年不见多。生涯在王事,客鬓各蹉跎。良守初分岳,嘉声即润河。还从汉阙下,倾耳听中和。"

明人刘荣嗣《秋日高唐道中》诗曰:"板桥流水漱秋城,一望郊原禾黍平。盼子只今遗战垒,绵驹何处发歌声。邮亭驿吏催人急,霜月芦

花照眼明。仆仆风尘缘底事,何年漳滏约归耕。"

经朝历代,荣辱兴衰,薪火相传,名人沓来

孕育文武全才,辅国将军宰相,桃园结义刘关张,曾于此驻防,柴王礼让,宋赵绵长,水浒豪情,民间传唱。华歆、刘寔、乙瑛相国之政绩,绵驹、吕才歌舞之才艺,崔光、崔鸿博学之史才,田盼、杜潜卫国之雄威,阎咏、阎复才子之文章,得其分寸技能,亦遭平庸辈攀比嫉妒也。

齐国名将之田盼,史称齐盼子,镇守齐赵边陲高唐,威震赵国。齐威王论宝曰:吾臣有盼子,赵人不敢东渔于河。元人孙贲《过高唐》诗曰:"疲马嘶春北郭门,郡城茅屋似山村。荒坟盼子雄风在,野曲绵驹旧谱存。霏雾出林销杀气,行云驻彩阁昭昏。千年往事今尘土,寥落幽花酒一樽。"清人徐元文《过高唐》诗曰:"盼子守高唐,赵马怯饮河。所照千里远,明珠讵足多。我来崇武地,日暮临青莎。齐讴邈不闻,叹息兴劳歌。绝塔宿归鸟,短树冒轻萝。长风正天末,客思将如何。"

西汉太原太守之刘质,不畏权贵,处世正直,千年流芳。

东汉桓帝时乙瑛乃鲁相,勤俭爱民,政绩显要,关心先圣,裨补儒教,请奏孔庙百石卒史兮诏准,孔庙《乙瑛碑》记之以颂扬,瑛善书画,其撰文并书丹之《谒孔子庙碑》,至今于曲阜孔庙,世人誉为汉隶之楷模。

汉末至三国曹魏初年,名士重臣之华歆,平原郡高唐县(今固河镇大华村)人,汉为豫章太守尚书郎;官渡之战,操召为军师议郎;后魏王丕拜华歆为相国,封安乐乡侯;曹魏建国,魏明帝即位,升任太尉,晋封博平侯;为政清廉、忠君爱民、百姓爱戴,谥号"敬",有文集三十卷,今佚失,其余录《全三国文》。元诗人元好问《论诗三十首》其十四诗曰:"出处殊途听所安,山林何得贱衣冠。华歆一掷金随重,大是渠侬被眼谩。"

西晋尚书郎之华峤,曹魏太尉华歆之孙、西晋太常华表之子。博闻多识,良史之才,司马昭辟为掾属,补尚书郎。晋武帝立,迁太子中庶子，拜散骑常侍，典中书著作。惠帝元康初，封乐乡侯，转秘书监，以《汉纪》烦秽，改作《汉后书》，起于光武帝，终于汉献帝，其中《十典》未成而卒，由其子华彻、华畅续成。原书已佚，有辑本。

西晋重臣学者名士之刘寔，崇俭尚素，居国相、太傅、太尉以勤勉清廉著称，虽处荣宠，居无第宅，所得俸禄，赡恤亲故；笃学不倦，虽居要职，卷弗离手，尤精《三传》，辨正《公羊》，撰《春秋条例》等五书，共辑六十四卷。

晋朝太尉之刘子真，少年时代，家境贫寒，放牛为生，自学成才，守约绳，口诵书，博古通今。著有《春秋条例》一书，任河南尹丞、太尉，品德高尚，行为检点，清身洁己，行无瑕玷。清人李簧《刘子真故里》诗曰："宛转高唐古泊前，云中雁影尚翩翩。一篇崇让寻常论，独羡先生有颍川。"

北魏孝文帝中书博士著作郎之崔光，本名孝伯，字长仁，城北崔庄人。其祖父崔旷曾仕南朝刘宋，为乐陵太守；其父崔灵延曾仕刘宋，为长广太守。家庭败落，嗜书好学，昼耕夜诵，抄书养父母。为政拜中书博士著作郎，再迁给事黄门侍郎。孝文帝称其才曰："孝伯才浩浩入黄河东注，固今日之文宗也。"并赐名光。后兼太子少傅，又以本官兼侍中，因谋谟之功晋爵为伯。其年轻然为人大度，喜怒不行于色，对毁恶者，以善言为报；遇诽谤，不申辩曲直。太和末，李彪解职，史事由崔光专任。孝文帝对群臣曰："以崔光高才大量，如无外，二十年乃为司空。"

宣武帝即位，迁中书侍中如故，加太子傅。孝明帝即位，其任著作郎，封平恩县侯，又司徒侍中国子祭酒。政务繁忙，积劳成疾，病死任所。孝明帝车驾亲临，抚尸痛哭；御辇还宫，流涕于路；为减常膳，言则追伤。下诏赠崔光太傅领尚书令骠骑大将军、开府冀州刺史侍中如故，谥文宣。

北魏史学家之崔鸿，字彦鸾，崔光侄子，博览经史，迁尚书都兵郎中。朝廷诏令儒学著名学者三十人，崔鸿和伯父崔光均在其中，世人称颂。崔鸿又任三公郎中，加员外散骑常侍。延昌四年，迁中散大夫。正光元年（520年），加前将军，修撰孝文、宣武两帝《起居注》。

崔光编撰魏史未竟，临终向孝明帝推荐崔鸿。正光五年（525年），崔鸿奉诏以本官修撰国史，迁给事黄门侍郎，加散骑常侍、齐州大中正。撰成《十六国春秋》100卷，因二世仕于南朝，不便流传。崔鸿之子子元，任秘书郎，至孝庄帝永安（528—530年）中，奏呈修缮之书，书名《十六国春秋》，共102卷，缮写一本，奏献朝廷，藏于史馆。见《北史·崔光等传》。

隋朝僧人乙佛之宏礼，善相术。太子杨广召见，其借机讽谏曰："大王必万乘之尊，所戒备乃德行修养。"杨广即位称隋炀帝，使宏礼理天下诸术家。炀帝荒淫无道渐乱，心怀恐惧问宏礼："尔言已证，果如何？"宏礼相隋将亡，不敢答，炀帝逼之，宏礼曰："臣下观相，人臣与陛下相类者不得善终，然圣人不可相，故臣不知。"宏礼于唐贞观末卒。

元朝名臣之王懋德，清平石门村，任御史中丞，拜中书左丞，正直忠耿，仗义执言，正气得展，朝廷肃然。

元朝拒做宰相之才子阎复，"东平四杰"之一，才学过人，辅佐四位皇帝，谏言屡次被纳；"北方文雄""一代文宗"元好问"校试其文"，对阎复、徐琰、李谦、孟祺等四人（即"东平四杰"）看重。元朝初建，被推为翰林应奉，因才识过人，受忽必烈赏识，连升三级，任翰林直学士；元世祖忽必烈废尚书省，复中书省，拟任阎复宰相，其以"不足胜任"拒之；成祖铁木耳继位，其任集贤学士；大德元年，为彰疏谏采用，升任翰林学士；大德十一年，阎复草拟《加封孔子制疏》，言简意赅，宗旨鲜明，为传尊孔崇儒，奠定儒家学说之依据；后人明代高唐学正徐铎赏曰："阎先生复草加封孔子制，余尝佩诵，叹其为古今绝唱。"又曰："阎复先生为高唐第一等人物，此制实古今第一等文章"；至大三年（1310年），朝廷将此制疏刻碑立于各府州县学堂；至元二十四年，高唐重建庙学，阎复为家乡庙学撰写《重修庙学记》。阎复告老还乡，"朝廷嘉其文行，为建书院"，名曰"静轩书院"，此乃高唐史最早之书院，对高及周边州县之教育乃卓越贡献；皇庆三年（1312年），阎复病逝，谥号"文康"。

明朝进士之杜潜，任蓟州兵备道员，守河北长城内、东至山海关、西至居庸关间之天津以北地区；其形势险要，为京畿防卫重地；其组织抗敌、固海防、消倭寇、战绩卓、人敬仰。受诬陷被斩，葬于高唐州城西杜家祖茔。后平反昭雪，追兵部尚书。

明朝嘉靖年间神医之麻东辉，擅长诊脉、医道精湛，疑难杂症以手到除患。

清顺治年三省总督之朱昌祚，由工部侍郎转浙江巡抚，其政绩平盗贼、减赋税、免欠饷、救灾荒、抚难民、除兵役等12项，均载入史册，世称名宦；大旱之年，其劝富户献粮，请朝廷赈济，自捐俸禄济灾民，得以救活达数十万众；其政绩显赫，迁兵部尚书督燕鲁豫三省，人称"朱三省"，因对抗鳌拜专权以冤屈绞亡。康熙帝逮鳌拜治罪，其冤得雪，又诏复原官，赐祭葬，谥号"勤"。清人彭绍升《总督朱昌祚云门》诗曰："赤子饥欲死，忍复扼其吭。九关当虎豹，择肉无忠良。热血洒荒野，丹心鉴圣王。请看墓隧石，五纬垂寒芒。"

扶清灭洋义和团，县首领之心诚和尚杨顺天、民间宰相王立言、民间英雄于清水、拳首董延邦、器械师崔常旺、崔庆林等，与山东首领朱红灯替天行道，烧教堂、杀传教士、打土豪劣绅，英勇抗敌。

元人萨都剌《过高唐感事》诗曰："残雪覆碧草，凄风吹未消。王孙去不返，魂魄又谁招。往事如春梦，无人问早朝。荒陵斜照里，松树晚萧萧。"

文学艺术，辉耀高唐，名人熠熠，灿若星光

春秋歌唱家之绵驹，高唐城东南一街村人，诗歌词曲兮自创，能舞善唱之巨匠，弟子众多队伍兮浩荡，普及民间歌舞以传唱，有史记载兮中国乐坛，人人称颂之第一歌王，经典作品兮孔子褒扬，收入《诗经》之"唱将"堪当，时人称"音神"。明人陆釴《宿高唐》诗曰："高唐自古鱼丘地，渤海长流马颊河。盼子当年贻战障，绵驹何处起樵歌。山烟入郭楼台暮，秋色满天鸿雁多。忆昔支离浑不寐，起看风露湿庭柯。"清人孔昭焜《高唐道中》诗曰："塔尖浮树杪，鸟影没溪流。午热晴张伞，朝寒夏拥裘。漯川昔洇渎，齐右此雄州。童牧善歌咏，绵驹风未休。"清人张文瑞《经鸣犊河》诗曰："绵驹乡里听齐歌，不觉驱车鸣犊河。千古此间谁问渡，滔滔满眼下秋波。"清人龙图跃《绵驹故里》诗曰："繁华金谷尚丘墟，何昔绵驹失故庐。丝竹宜从佳士座，姓名幸入大贤书。善歌习染犹称绝，美政流传岂不如。齐国只知成霸业，当年管晏计应疏。"

唐代大家学者之吕才，清平吕庄人。唐代哲学家、唯物主义思想家、无神论者、音乐家、自然科学家，多才多艺之学者。出身寒微，庶族家庭，幼小好学，未经名师传授自学成才。爱好广泛，通晓《六经》、天文、地理、医药、制图、军事、历史、文学、逻辑学、哲学乃至阴阳五行、龟蓍、历算、象戏等，尤长于乐律，且有专著和创造。因其学识渊博、博才多能，三十岁由温彦博、魏征等推荐于唐太宗入弘文馆，官居太常博士、太常丞、太子司更大夫。发明尺八管弦乐器兮独创，五声玉律合乐之绵长，唐太宗御诏兮参乐事，依诗谱曲编舞之成绝响，《秦王破阵乐》兮传国外，越千年于今之仍奏响，《新旧唐书》记列传以传扬。

金朝状元之阎咏，城西阎寺村人，其先人曾六世登科。至父辈时，家道败落，生活困苦，衣食无着，野菜代餐，某春节时，菜也断绝，其曰："竹箸蘸白盐，清水迎新年"。乡亲支持，刻苦成才。于金朝承安年间（1196-1200年），以词赋科进士第一，点为状元。翰林院任职十年，应奉翰林文学，有"气节豪迈，文字一流"之誉。门生众多，如进士康晔、翰林学士阎复和康璧均为其门生。其四人金元时期著名人物，世称"二阎二康"。著有《复轩集》。终于河南治中。

县首位考入北京大学（时曰京师大学堂）之著名金石学家田士懿，尹集镇田寨村人，1903年考中举人，光绪三十一年（1905年）废除科举制度，其考入中国最早之大学京师大学堂，为该大学首位高唐生；历任山东巨野、宁阳和湖南嘉禾、湘潭县知事，一身正气，政声卓著，知事湘潭，大气凛然。1920年，日本舰与英争长江势力，突入湘潭码头，田急率属下愤然前往，严词痛斥，不准登岸，日船离去，民翘指称颂；其从金石书画研究，国学大师王献唐赞曰"性癖金石，几成陈痼"，"兼善书画"，"伏案钩稽，孜孜不倦"。其《山左汉魏六朝贞石目》，录散于山东各地汉魏六朝期之碑碣504种，逐以诠释。金石学家柯昌泗为其作序并题书名。其金石著述名家考略》，著录南梁至清朝金石家718位，现代著名金石学家王献唐为其作序。两部金石专著均藏于山东省图书馆特藏部。

民国时期著名教授张修一，北京教育部主事，山东省高等师范学校教务主任，兼中外历史、地理、天文、气象等学科教授。省高等审判厅法官、督军署外交官等职。后弃职回乡，献自家宅，兴办小学，聘请教师、自编教材，以唤起民众抗日、挽救中华民族之精神，为万人敬仰。1935年，应聘纂修《高唐县志》，和县志总纂王静一教授，历时13个月，编纂70余万字《高唐县志》稿。

新中国第一位现代文学专业博士之学者教授王富仁，从事鲁迅研究，全新视角，阐释鲁迅小说，取得中国鲁迅研究史里程碑式之成果，乃新时期中国文坛思想启蒙之重要标志；其任现代文学研究会会长，致力中国现代思想文化研究、中国左翼文学研究，更鼎力倡导"新国学"理念，皆成就斐然，乃当代学界之翘楚。

近代教育家史学家之北师大教授张守常，执教六十余载，治学严谨，学养深厚，诲人不倦，成绩卓著，桃李满园，乃国内著名近代史之专家。其著《中国近代史》《中国通史参考资料·近代部分》《太平天国北伐史》

《中国农民与近代革命》《中国近世谣谚》《拂晓集》等，对中国近代史料之宏富掌握和深刻理解，已成为北洋军阀统治研究之重要成果。

中国著名植物生态学家、中科院植物研究所所长、北师大教授、中科院院士之张新时，致力于信息生态学、全球生态学研究与发展。其为中国数量植被生态学和国际信息生态学研究之创始人，创建了中国首个植被数量开放实验室，开发计算机应用程序用于生物和环境数据之多元分析和模拟，于生态信息系统、退化草原生态系统恢复、荒漠化治理和全球环境变化等领域成绩卓越，致中国生态学研究领域处于国际领先地位。

著名作家、编剧、画家、音乐家教授将军韩静霆，创作勤奋，成绩卓著。根据其小说改变的同名电视剧《凯旋在子夜》获中国电影飞天奖和金鹰奖，其小说《战争，让女人走开》获全国优秀中篇小说奖，其作词之歌曲《今天是你的生日，我的中国》至今全国传唱。因其主业为民族器乐，世称"文坛奇才"。其子韩健，音乐人演员导演，自创音乐评书《东北人都是活雷锋》独树一帜，大街小巷红遍，以"雪村"名于艺坛，。

省非遗项目老四平调之传承人郭汝河，固河前坡村，拜师名家赵玉玺（艺名"隔墙酥"），习老四平调，鲁西北颇有名；省首届曲艺会演，其《独占花魁》获二等奖，且赴京参加全国首届曲艺会演。现四平调传承人为相东方女士。

望黄河逝水东流入海，昼夜不舍。佑华夏文明古传至今，兴衰长续。时代韵律，外圆内方，人义精神，永放光芒。

近代风云，英雄高唐，豪杰志士，舍生救亡

朝代更迭，群贤聚集，开创未来之基业，至近代生逢乱世，英雄奋起；正气罔替，舍生取义，博取救国之声势，荣光永垂不朽，青史刻记：

县首位中共党员之金谷兰，建首个支部，领谷官屯暴动，后遭逮捕，狱中作"工农闹革命，端在坚与贞，冻死迎风站，饿死不出声"之明志诗句，牢狱七载，意志顽强；出狱入范筑先部抗日武装，后壮烈殉国，时岁三十四。

山东省委执委之李春荣，委派高唐建鲁北特委，其任书记，领导暴动武装突围，不幸壮烈牺牲，时岁仅二十二。

中顾委之韩宁夫，梁村韩庄人，山大学子，抗日救亡，发展地下之党组织，时任鲁西北特委宣传部长，革命年代，舍命担当，全国解放，一生荣光。

中共唐南县委书记之李恩庆，三十里铺董集村人，任中共高唐县第五区区委书记、唐南县委组织部部长、唐南县委书记，于反击日军对冀南"铁壁合围"战斗中牺牲于武城，时年二十三岁。

冀鲁豫一分区情报站之站长董之远，姜店镇大董庄人，其家为地下联络点，掩护中共冀南六地委、唐南县委开展工作，发动周围据点伪军先后起义；解放战争，其任县三区长，瓦解敌人于齐河英勇牺牲，时年二十七岁。

红团副团长之红门坛师姜占甲，张大屯姜庄人，民国初年，除暴安良，救危扶弱，成立"红门"，推为"坛师"，入坛人数达千余；1927年秋，接受建议，"红门"改"红团"，由金谷兰任团长，其任副团长，开展"打虎除霸"运动。于谷官屯暴动突围中英勇牺牲，时年三十九岁。

留学日本归国之金石兰，育人风范高，省立师范辞职回乡，创办高唐首座中学，教书育人，宣传先进思想，爱国心赤诚，谷官屯暴动时，被敌杀害，为国捐躯，时年五十四岁。

赴国难抵御外侮，历千辛矢志不渝。洒热血舍生忘死，取大义感天动地；历史长河滚滚来，无数英雄名犹在，丹青汗牛难尽载，浪花数朵彰伟绩。

举塔为笔，文化高唐，引湖为墨，书画之乡，纸砚传承，丹青飘香

自古崇文尚艺，书墨气足，高唐书画滥觞于东汉末期，其时高唐籍乙瑛任鲁相善书，其谒孔庙文缮写并立碑记其事，即为《谒孔子庙碑》。其又上书鲁公，聘孔后人专管孔庙，时人缮写立碑记其事，即为《乙瑛碑》。至今两通石碑立于曲阜孔庙，后人颂为汉隶之楷模。

三国时期魏相华歆、元朝翰林学士阎复、金朝状元阎永等均善书法。明、清、民国时期，高唐籍书画家更是代不乏人。

金代大画家杨微，擅长画马并影响后代画马名家，徐悲鸿曾临摹其《二马图》。明代黄旸题诗赞曰："雄姿腾踏双飞黄，走如抹电风沙扬。权奈自是渥洼种，奔逐恍若神龙骧。前驹野性未易制，胡儿直把长缨系。且驱且挽力无穷，落日平沙浩无际。"

国画大师李苦禅，翰墨写意国之无双。现代画坛大写意之花鸟画巨匠，三十里铺李奇庄人，廿三岁离家，归来兮一代宗师。其馆坐落鱼丘湖南畔，占地十亩，三层建筑，巍然屹立，颇有汉唐风韵。连续十届中国（高唐）书画艺术节，此乃主会场。其子李燕李航继承画风，亦为大家风尚。

著名画家孙大石，亦名孙瑛，祖籍三十里铺孙庄，由美返乡。擅长山水画，其写意水墨，既传统功力又蕴时代韵味，富创新意识，乃当代推进中国画改革之大家。丰子恺观其画赞曰"大家在精神、名家在气象、骨性天成、各行其是，此帧骨格昂然堪称佳作"。其支持教育事业，捐资希望小学，设立奖学金，助教桑梓，垂范后世。其美术馆坐落鱼丘湖北岸，积六千平，乃仿古庭院式建筑风格，有东西两院，西院为展厅、长廊、碑墙、四层六角一览阁等；东院为其居室画室等。其毕生创作收藏之书画精品及文物、龙腾巨砚、藏书、家具、居室等均无私捐献，并于其美术馆永久陈列展出。作品跨度大，早于1943年，晚于1995年，体裁内容广，既有国画、书法用品，又有水彩、布上水墨画、速写等；既有丈二巨幅，又有绳尺小品；既有画坛巨擘大作，又有异国名家精品。除书画精品外，又有天下第一砚奇观。天下第一砚又名龙腾巨砚，由河北易县西元石材雕刻厂魏西元、刘全生二人投资设计、刘文彩等五人雕制三年而成。魏刘二人为先生人品画品所感，自愿奉献于馆，以做永世纪念。该砚重十吨有一，长 4.43 米，宽 2.62 米，计雕有八十七条龙，三条大龙象征三个直辖市，二十八条中龙象征二十八个省及自治区，五十六条小龙象征五十六个民族，另雕有黄河、长城、瑞云峻石、苍松笔筒等。整个巨砚象征中华民族历史之悠久团结伟大，可谓立意深邃，镌刻精细，天下奇观，石雕一绝。其馆既有天下第一砚，又有大小不一，千姿百态之各类石砚。

杰出边塞山水画家谢家道，祖籍杨屯镇谢家村，西陲画痴，推陈出新，表现新疆奇特之自然景观，尤丝绸之路风光乃其独特风格，填补中国西域山水画之空白。献身新疆，西域画匠，边塞风光之丝绸路，独傲一方。

中国台湾水墨画名家李奇茂，客居高唐，情牵两岸，驰名国际；其笔法融西洋速写技巧，赋予传统水墨绘画以新意；其美术馆于双海湖景区，积四千平，呈帆船状，独特新颖，富艺术韵，藏品丰绝，传承文化，弘扬艺术，促海峡交流，乃国际艺术活动之重要基地。书画为媒，情牵两岸，高唐书画博览会吸引了台湾众多水墨画家之目光。2013 年，于第八届书画博览会，由文化部、国台办共同命名之"海峡两岸文化艺术交流基地"揭牌仪式在李奇茂美术馆隆重举行，高唐县作为全国唯一之县级单位获此殊荣。

著名花鸟画家辛守庆，姜店镇辛庄人，用墨斐扬，浸染画乡，号称"中国画坛百杰"，作品收藏于中国美术馆、人民大会堂、毛主席纪念堂、北京中南海、天安门等。

著名山水画家巩德春，固河镇巩庄人，其画胸藏丘壑、笔吞山川，黑白咫尺间，流动沧桑，雕塑时空，深邃心象；其馆于鱼丘湖东岸，乃古典园林式、公益事业型，文化部定为全国 318 家重点管理之名馆，全国个人名字命名之 38 家中国名家名馆。

著名版画家程辛木，以木作纸，以刀为笔，于版画创作辛勤耕耘一生。早年即潜心钻研木刻版画艺术，受国画大师李苦禅、版画大师李桦、古元诸先生指教，孜孜追求，精心创作，自四十年代即发表作品。出版《程辛木版画选集》等专著。多次参加全国美展与国际巡回展览；1992 年《金秋·银秋》《鲁西小景》《蓬莱晨景》三幅套色木刻作品参加中美日韩等十余国家及地区书画大展，获特等荣誉奖。当代国画大师李苦禅赞曰："构图饱满，造型准确，黑白处理巧妙。"日本著名社会活动家、中日文化交流协会会长福田一郎专门收藏其作品。30 余幅作品被国内美术馆、博物馆和艺术院校收藏，部分作品选入国家编印的大型画集。台湾著名版画家林智信观画展赞曰"构图严谨，造型准确，刀法娴熟，于大陆及台湾版画界所少有。"其美术馆乃古建筑高唐文庙，历代为学堂，乃李苦禅少年读书处。

2020 年 10 月 18 日至 26 日，第十届"民族百花奖"——中国各民族美术作品展于高唐开展。百花齐放，展出全国各地、各民族之中国画 147 幅、油画 103 件、版画 65 件；一时群贤毕至，中国美协、中央美院、中央民族大学等高校均有美术家出席。九天展览，引五万人次参观。国家级画展，盛况空前，闻于今名于古，悠悠艺术惠风，劲吹古韵墨香。

书画艺术刻灵魂，翰墨丹青金高唐，浓笔重彩韵锦绣，晨钟暮鼓誉华章。中国美协、书协会员高唐籍有三十余人，省级会员百余人，泼墨挥毫者五千余人，书画爱好者几万众，人人爱泼墨，户户习丹青；豪情四溢，佳作纷呈，形式多样，题材新颖，既铁石梅花之气概，又山川香草之韵致；既笔蘸天山雪腕挟大漠风之气势，又洗砚鱼吞墨烹茶鹤避烟之雅趣；山水人物双翼齐飞，工写新创层见叠出，各体技法竞相媲美，满纸灵气挥洒风流。风格迥异，相融瑞祥，中西合流，自由奔放。清人成兆丰《将赴高唐有作》诗曰："少小诸生抱砚田，青灯辛苦过年年。

纵骖骥尾犹徒尔,算到龙头亦偶然。五载南宫新白发,两番博士旧青毡。只今驱马绵驹路,惭对春花向客妍。"

人杰地灵,钟灵毓秀,八大旧观,高唐古釉

【浮图返照】浮图或浮屠,梵文音译,即塔。此处之塔乃大觉寺塔,塔为13级,高36丈,耸入云端。每日黄昏与夕阳相映生辉,云蒸霞蔚,气象万千。清康熙四十八年高唐知州龙图跃有诗曰:"黄昏塔影指虚空,唐宋元明落照中。每夕桑榆留色相,千年舍利抱玲珑。遥含雪岭归云紫,下射龙漂定水红。独上十三层上立,回光暗向顶门通。"大觉寺舍利塔始建于唐,毁于宋,明正德年间重修,重修后宝塔高十三级,至清道光九年地震中宝塔倾歪,道光二十一年倒塌。元人朱与诚《高唐道中书事》诗曰:"野桥西望见高唐,城上依稀塔影长。方朔古碑埋蔓草,晋文遗庙废残阳。依依远树秋烟断,漠漠平沙故垒荒。笳鼓东来知候史,一声惊起雁行行。"

【高阁凌云】高阁,即魁光阁,原为钟楼。1691年,知州谈重修,改名魁光阁,又称谈公楼,楼高15米,故有高阁凌云之称。清道光十三年高唐知州徐宗干有《高阁凌云》诗曰:"千载鸣山蓄栋梁,云梯数仞傍宫墙,雕甍拔地高悬铎,珠斗横天近戴筐。圣域贤关跻绝顶,河形岳色绕回廊。牖民视听余先觉,夜夜钟声落上方。"

【龙井清泉】此井即高唐城西二十里古堤弯处之井,曾为罗弘信所浚。井水清冽,常年不涸。又因《稽神录》所载罗弘信故事,故名曰龙井,被列为"八景之一"。清人高禹云有《龙井清泉》诗曰:"城西古井近河开,泉涌神龙背上来。千顷木棉须雨润,莫贪春睡误春雷。"

【鱼丘古驿】即指高唐古城内东北之鱼丘驿馆。因年代久远,故称"古驿",且对此掌故轶闻颇多,驿中又有"后乐园"风景优美,故列为高唐一景。古人对此题咏甚多,清代州人陈榜《鱼丘古驿》诗曰:"乐园创建自前明,古驿从今起颂声。九曲古河红蓼岸,一鞭残月绿阳城。长亭雨过风尘少,候馆花铺道路平。不是关心宾旅切,征夫应起故乡情。"

【唐寺棉市】高唐棉花生产到清代达鼎盛时期,高唐旧志称:"货以木棉,甲于齐鲁。"城内唐朝所建大觉寺门前乃棉花交易市场,商贾如云,贸易繁荣,声名远播全国。源此,"唐寺棉市"成为高唐一大景观。清代州人林安居《唐寺棉市》诗曰:"利夺蚕桑百万增,秋蝉声里出芳塍。市环白雪农求价,界现银花寺有灯。破晓商来千里客,斜阳影胜六朝僧。尘埃那近菩提寂,孤磬声中悟上乘。"

【郑桥渔歌】桥跨马颊河上,亦名张桥,即今三十里铺镇宜丰镇村西之桥。桥墩由石磙罗列而成。此处河道宽阔,水流平缓,多芦苇、莲藕,鱼虾出产丰富,且风景清幽。两岸居民多以捕鱼作为副业。元代高唐人王子鲁《郑桥捕鱼》诗曰:"郑家桥下溪水流,桃花浪缓鲜鳞游。老翁棹船四五叶,鸣榔举纲蒹葭秋。大鱼拨剌贮箏筜,紫菱绿荇堆船头。归来沽酒切新脍,高歌醉卧芦花洲。"

【爵堤雪痕】亦称"爵堤晴雪""爵堤雪影"。"爵堤",即自三十里铺村东蜿蜒经李奇、后屯之间,经高唐城西北之万家洼,又经梁村镇打渔李之古堤,百姓传称"齐长城"或"黄堤",高唐志书称之为"爵堤"。另外"爵堤晴雪"还有一说,清人龙图跃认为爵堤之城西万家洼段,因处于盐碱地中,六月天,阳光照射强烈,碱气上升,堤坝为碱卤笼罩,若大雪覆盖状。其《爵堤晴雪》诗曰:"城西碱卤气难消,日照长堤雪一条。鸣石可通庾岭路,漯河不接剡溪潮。梅花村落何尝见,鹤氅风流岂易招。此地往来驴背客,多应诗思亦无聊。"

【马湾月影】高唐城西,马颊河之河崖孙庄和囤庄之间河段,河道弯曲度大,宽阔,水流平缓,两岸近水遍植莲藕,兼生苇蒲,为一自然风景区。每到秋季,天朗气清,至夜晚,则皓月当空。文人墨客即泛舟河中。此时,水天一色,景物朦胧,河中月影若玉盘浮荡水中,风吹波皱,又若老蟾吐花,玉镜残破。游鳞跃藻,渔火如醉,偶有白鸥惊起芦中，令人心旷神怡，故称"马湾月影"。前代游人在此留有诸多题咏诗句。清人徐宗干《马湾月痕》诗曰："黄流故道认河干，马颊分形狭又宽。雁齿石桥通驿路，鸡声茅店渡征鞍。胡苏春水桃花汛，苜蓿秋风瓠子寒。水月光明原一样，盈亏天上亦钩盘。"清人龙图跃《马湾晓月》诗曰："晓星落落月痕留，马颊河边曙色秋。天上惟悬孤玉玦，波心却现两金钩。盈虚蟾窟光分照，黑白龙潭水并流。不是渔人应少见，频将消息问沙鸥。"

现代高唐，湖光山色，水绿交融，城湖一色

天蓝如洗、云白如练、玉桥映波、杨柳扶风，携"湖光水色小苏杭、诗情画意金高唐"之城市定位，持"文化兴县"之战略，突"绿荫、碧水、书画"之特色，以提现代高唐之软实力。今有柴府花园、李苦禅艺术馆、孙大石美术馆、李奇茂美术馆、大觉寺、兴国寺、龙启山等特色鲜明之地标，金城广场、文化广场、纪念广场、人民广场、体育运动中心、文化艺术中心、书画一条街、楹联一条街、赛石花朝园等设施齐全之场所，衬及双湖双库水域之丰盛。

鱼丘湖景区：面积千亩，水深三米，与双海湖、大张水库、南王水库一河相连，为唐初掘土筑城而现，乃中国江北县级最大之城市内陆湖，湖面宽阔，碧波荡漾，淫雨不涨，久旱不涸，清如许，明如镜，似璀璨明珠镶嵌于古朴秀美之高唐，呈城中有湖、湖中有城、城湖一色之美丽画卷。李苦禅艺术馆、孙大石美术馆、古典名著《水浒传》古迹均坐落湖畔，李逵井、大觉寺、龙启山、柴府花园、三眼井、玉带桥、湖心岛、望岳亭，众多景点分布岸边湖间，古刹、石桥、青山、碧水把鱼丘湖打扮的古朴典雅，极具历史人文魅力，乃访古探幽、旅游观光之绝佳去处。

鱼丘湖景区分为北湖景区与南湖景区。北湖景区又分东北湖、西北湖，中以九孔玉带桥相接，凭两湖为依托，形成东西两个景区。东北湖沿岸以"柴府花园"、"孙大石美术馆"为主要景点，及儿童游戏区、老年活动中心，配以望岳亭、湖心岛等景观，形成了"动"、"娱"活动区域。西北湖则是以观赏、垂钓为主的"静"、"观"活动区域。

整个北湖景区分三条游览路线。即沿湖岸游览线、近水步行线、水上观光线。同时形成四大景观,即"玉带揽月""柴府怀古""月州赏景""西堤观鱼"。

玉带揽月:至秋高气爽之夜晚,站在九孔玉带桥上,一轮皓月于不知不觉中升起。东望去,楼台馆舍灯光闪烁,托一轮玉盘,诚所谓众星拱月。灯光月影倒映湖中,金光闪耀,忽明忽暗,浑然一体,点缀不眠之船火,不时传来悠扬歌声及鱼虾戏水之声。则忆古人所述之"海市蜃楼"景观,尤怀古高唐八景之一之"马湾月影"也。清人杨玠《高唐》诗曰:"早发高唐路,不闻谁善歌。绵驹徒已矣,齐右竟如何。淡月沉波底,寒鸦噪树柯。当年名实者,孰与客卿多。"李承澍《鸣石晓月》诗曰:"问石石无语,鸣山气久平。一轮残月在,千古晓云明。但使看非色,何劳听有声。仙人去不返,过客枉伤情。"

柴府怀古:柴府东首,跨过"瞻岱桥",入柴府便置身于古色古香之建筑中,欣赏阅读水浒文化雕塑图片,于高唐历史长廊中尽兴游览,游人遂生思古之幽情,墨客乃发题咏之胸臆。此府曾为古驿站,乃古高唐八景之一"鱼丘古驿"也。清人徐宗干《鱼丘古驿》诗曰:"车马交衢速置邮,绿杨城郭古方州。云开牙纛重门晓,星载轩轺八月秋。包甋夷庚通象译,羽书旁午走骅骝。授餐适馆浑闲事,四牡周行策远猷。"清人朱绲《高唐城外即事》诗曰:"萧萧官柳一行秋,野色模糊望里收。浅水乱云连马颊,长林古驿问鱼丘。夕阳半露烟中塔,黄叶全遮郭外楼。来往高唐三十里,莫教容易负诗筹。"徐宗翰《瞻岱桥》诗曰:"一带渐车水,支流济漯分。桥成竹坦坦,山远忆云云。西望城边月,东来岭上云。丛祠才咫尺,便谒碧霞君。"

月州赏景:沿着曲折长桥,由湖岸步入湖心岛,便至湖心亭中。湖心亭位于东北湖中央,古建筑风格。立柱上刻以名人楹联。亭内设有茶室。闲坐亭中,凉风习习,观四面柳翠荷白、一片湖水荡漾;听近处鸟鸣鱼跃、远处歌声悠扬;或品茗赋诗,或作画对弈,使人心境陶冶,自然想起沧浪亭、放鹤亭、醉翁亭、爱晚亭,更忆起济南大明湖之历下亭、李北海所书杜甫诗句名联:"海右此亭古,济南名士多"。清人朱纬《小亭独酌》诗曰:"目是口幽僻,临流作小亭。雨添芳草绿,云获乱山青。花气凭阑入,莺声隔树听。春情谁共语,独醉倒长瓶。"

西堤垂钓:此景在西北湖之南、西两岸。湖之南岸为环湖公园,西岸有大型观赏花圃,其构筑吸收现代广场及西方园林特点,形成放射加环状广场。湖之南半部为鱼乐园,游人既可观鱼亦可垂钓,构图完整,空间开敞,以静为主。休闲时刻,来此游玩,别有一片洞天,一番心境。

南湖景区由东南湖和西南湖组成。两湖之间乃五孔大理石游览桥与三孔联通桥,使两湖相通。同时,西南湖和西北湖,东南湖和东北湖间各有石桥一座,使北湖与南湖联接。另城南双海湖,经皇殿之东开挖河道,直通南湖。双海湖引进黄河水,进而经沉淀泥沙进入四湖,补充水源,尤可泛舟经双海湖入四湖游览,成五湖联通之游览路线。

南湖景区以大觉寺为中心向四周辐射。大觉寺坐北朝南,居南湖中央,四周环以湖水,南为五孔桥,北为三孔桥,与东南角龙启山遥相呼应。大觉寺之南,穿过五孔桥,依次为大悲阁(供千手观音)、南湖景区南门牌坊。大觉寺之北,经三孔桥连接,隔水相望李苦禅艺术馆及文化广场。依次向北,为高唐历史纪事碑刻、华表等。文化广场以李苦禅艺术馆为重点建筑。艺术馆为中西结合之建筑,既涵深厚之文化底蕴又具现代气息及理念,突出一代巨匠之艺术风格。出文化广场,沿南湖北岸、西岸徜徉,则步入书画一条街街、船坞和休闲区。

南湖东岸,自东南角之龙启山始,向北为垂钓休闲游乐区。南湖景观有古寺钟声(大觉寺)、龙启雪霁(龙启山)、亭台烟雨(山顶望湖亭)、渔舟唱晚之四大景观,其颂诗如歌。

元人马臻《高唐晚泊》诗曰：夹马营边晚系舟，遥看水接汴河流。淡红消尽斜阳影，高树乳鸦生古愁。

清人马国翰《高唐题壁》诗曰：古原暝树色，薄暮抵高唐。塔露城头影,灯飞郭外光。车泥投店晚，被冷听更长。念到绵驹处，衷怀为激昂。

清人朱缃《倦飞亭漫兴两首》其一诗曰：幽僻无人到，门临古岸边。看云常静坐，听雨独迟眠。自觉形骸累，谁堪史册传。聊倾一樽酒。细堪养生篇。

高艮英《钟楼诗》石刻诗曰：鸿构连霄汉，歌成不日工。塔凌檐势翠，奎射壁光红。鹭止云华灿，鲸铿霜籁空。梦回五夜里，万古启群蒙。

整体城区则以鼓楼路为中轴线呈现两大风景区。城中有湖，湖中有城，风光旖旎，别具一格。游人恍若步入江南的湖光山色之中。居民则有"家居杨柳岸，人在画图中"之感。

双海湖风景区：位于南湖景区南部，一千七百亩，水面一望无际，水天一色，城湖一体，湖面万鸟齐飞，可感"落霞与孤鹜齐飞，秋水共长天一色"之神韵。其东侧千亩植物园,郁郁葱葱，绿意盎然，生机勃勃，走进大自然怀抱，漫步"世外桃源"，神清气爽，品绿色食品、垂钓共捕蝉，无不令人心旷神怡焉。园内热带、亚热带、温带各种树木，争奇斗艳，竞相生长，珍稀花草，锦上添花，吐露芬芳。

鱼丘湖、双海湖、泉聚苑、清平古城、向阳花开乃国家AAA旅游风景区，水绿交融、城湖一色，秀美高唐、景观独特；两岸情缘、书画文墨，苦禅故里，文化特色。

柴府花园，荡漾湖边，园中有园，意境幽远

据《高唐县志》记载，柴府始建于宋神宗元丰年间，为后周世宗柴荣之5世孙柴皇城私宅，后毁于兵燹匪患。明弘治十四年（1501），驿丞张廷威重建，为高唐驿馆，称"鱼丘驿馆"。

柴府正院西侧花园，遍植名花异草，巧布奇石流泉，高处俯瞰，与

湖心岛、柴府依水相连，赏心悦目，园中有园，诗情画意，意境旷远。取文正公范仲淹"先天下之忧而忧,后天下之乐而乐"之名句,题名为"后乐园"。此园即为古高唐八景之一。清代陈榜《鱼丘古驿》诗题："乐园创建自前明，古驿从今起颂声，九曲古河红蓼岸，一鞭残月绿杨城。长亭雨过风尘少，候馆花铺道路平，不是关心宾旅切，征夫应起故乡情。"

历代文人墨客，路经此馆，多有诗词题壁，赞者百首余。宋朝名相文天祥被囚解京，路经高唐，于此驿馆，忧愤题诗："早发东阿县，暮宿高唐州，哲人达机微，志士怀隐忧，山河已历历，天地空悠悠，孤馆一夜宿，北风吹白头。"

清代康熙、乾隆皇帝下江南多驻跸于此。清代诗人查慎行《过高唐》诗曰"晨遮初旭暮斜阳，万树交阴午亦凉。过此令人忘六月，小车欹枕梦高唐。"王晓村《鱼丘驿》诗曰"官柳萧萧两岸秋，飞书心纸走骐骝。前朝古驿今何在，长林傍廓向鱼丘。"

据传，时河北柴皇城随帝狩猎于高唐，见良田沃野一望无垠，黎民百姓忠厚勤劳，无匪无盗环境安宁，意欲留居奏明圣上。获封于高唐东城墙根营造柴府。1988年，柴府在原址重建，经细致规划、精心施工，一处古典宅府落成。院落主次分布合理、房舍亭台设计有序、式样色调古朴典雅，斗拱重檐，龙头兽首，青砖碧瓦，雕梁画栋，尽显贵族风范。院内遍植奇花异草，树木错落有致，小桥流水潺潺，一派江南园林风格。置身柴府，凭栏西望，水天一色，鱼丘圣景，恍若江南风光。看斜阳草树，思苦咸甜三眼井，观李逵井，寻古城遗迹，似听梁山英雄金戈铁马之杀伐声，乃省级重点名胜保护单位。

大觉钟声，东南湖畔，弘法利生，静修参禅

相传，秦王李世民欲成就霸业，征伐四方，挥师东进，亲率三军，力克高唐。命右武侯大将军尉迟敬德，监造高唐州城大觉寺及舍利塔，以彰显千秋功业。大觉寺占地面积16.5亩，建筑面积9.35亩。乃盛唐建筑风格，寺中有大雄宝殿、藏经阁、舍利塔、观音殿、文殊殿、方丈院等。寺内大雄宝殿高42米，供奉佛像高十六米，谓之山东省最大室内佛像。高唐乃南北通衢之处，有史可查，明清两朝五帝9次驻跸高唐。有行宫两处，其一乃大觉寺，于唐贞观年间所建，寺内塔高三十六丈，平面八边形。经过宋、明、清三朝维修，成为鲁西北名寺，香火绵延千年。清乾隆帝过高唐驻跸大觉寺，题诗三首《高唐怀古》《十里园》《即事》。《高唐怀古》道："春风偶此经齐邑，行雨非关梦楚王；见说东风待金马，何如盼子守高唐；玲珑日影标穹塔，卫水流波簇远樯；为忆绵驹能变俗，深惭刑措让成康。"清人徐宗干《浮图映日》诗曰："测景方中晷度移，花砖金碧照琉璃。庄严璎珞山千佛，穿插烟云笔一枝。放眼全收齐鲁界，题名莫辨晋唐碑。夕阳倒映城边水，十丈莲花出渌池。"

山东省佛协副会长兼秘书长觉映师父任大觉寺方丈院主持，爱国爱教、弘法利生、服务社会，做公益、洁环境、待游客，人间佛教，修身养性，清净佛寺，观光佳地。

龙启山景，花木丛生，亭台秀丽，异彩纷呈

景区双峰俊秀、植被旺盛，沟壑纵横、花木丛生，山峦秀丽、叠彩纷呈；山间曲径、香薰和风，曲曲折折、一步一景，起伏山峦、郁郁葱葱，宛然挺立、悠然登顶，亭台秀姿、气晕升腾；云阔天远，人在其中，朝看日出，烟霞蒸盈；晚看夕阳，浮彩苍穹。

低头高山下、极目渔舟横，雨后共遥望、天际一霓虹；水声讨远堤、花开闻幽径，和风垂钓处、四季说分明·春天花张扬，夏季绿葱茏，秋彩显红晕，冬雪覆山径。

晨望林海，绿衣娉婷，雾气缭绕，恰似仙境；风中远眺，枝叶律动，树峰叠嶂，绿波翻涌；横看林海、纵眺远程，湖河在揽，城区全景，尽收眼底，天和景明。

静观优雅植株，走进林间，尽展妖姿，争奇斗妍；动看活泼草鱼，来到岸边，各显媚态，呼快唤慢。近戏丽山英姿，同迷其间；远眺秀湖神采，独醉一边。一幅人类与自然和谐统一之画卷，跃然笔端。

鱼丘湖与双海湖之联通河，乃鱼群栖息地，河水见底清澈，石头斑斓五色；河道如带，游鱼虾蟹，蚌类贝壳，时开时合；两岸绮丽，林草润泽，天然氧吧，徜徉绿色；生机盎然，沁人心魄，微风拂面，荡漾清波；人文景观，纵横交错，蔚为壮观，水天一色。

且行且停，低吟轻唱，自由天地，处处欢畅，温馨乐园，人间天堂。季节拐角处，落叶饰彩妆，春来花草香，夏至绿荫凉，秋色怡人眼，冬雪红梅放。

四季岁轮回，平分有秋色，每每到秋季，满目红叶多，诗情画意涌，浪漫送秋波，徐徐枫叶落，诗词心头和，曲径通幽处，美景入画册，挥毫丹青路，炫彩韵山河。

调色缤纷画卷，袅袅轻烟恬淡，季季味道缭绕，清新空气弥漫。坐在时间一角，畅谈往事飘渺，沉淀人生回忆，体味岁月潇潇，自古逢秋悲寂寥，心宽日日胜春朝。

清人朱緗《中秋后五日有高唐之行马上口占》诗曰：策马长征踏翠微，山城回首望依稀。晴云襞絮参差出，新雁迎风次第飞。浅草荒园鸣碌碌，矮檐野老馁黎祈。停骖爱坐秋林下，树色纷纷映客衣。

唐槐宋塔，俊秀挺拔，国家文物，兴国寺刹

梁村镇兴国寺，八角仿木结构楼阁式砖塔，青灰砖砌筑，共十三层，高38.8米，边长2.85米，高37.5米，塔基为正八边形，占地32.49平方米，有宝瓶式塔顶刹。塔身十一级，第一层系重檐，北有门；第二层至第十层均为单檐，每层四窗，第十层窗呈圭角形。塔体自下而上逐层收分，有仿造木石建筑的陶质斗拱和椽子。斗拱风格乃宋代建筑。第一层为重檐，北面开一门，以上各层均为单檐，每层四门，檐下施以斗拱，整齐有秩。塔的顶部置葫芦形塔刹。塔内有阶梯直通塔顶，塔身各层均供奉石刻佛像，一层为狮子佛，二层为炎肩佛、阿众佛，三层为持法佛、大光佛，四层为最胜音佛、须弥相佛，五层为难阻佛、大明佛，六层为释迦牟尼佛、日月灯佛、大须弥佛，七层为明闻光佛、宝相佛，八层为日生佛、须弥光佛，九层为网明佛、妙音佛，十层为不空成就佛、宝胜佛、药师琉璃光佛、阿弥陀佛，十一层为如须弥山佛、无量精进佛，地宫为圆通菩萨（四背观音）。塔名为"菩萨塔"，寓意为佛之最高境界。此塔第十、十一层，上、下、东、西相通，寓意众生悟醒、心向光明。

于古塔北面十米处有古槐，据传曾粗约十数围、高六丈许、福荫二亩余，1971年夏遭火焚，又浴火重生，其树干苍虬、枝叶畅茂。林业部门测量，现树高 7 米，胸径 0.9 米，冠幅东西 14 米，南北 12 米。槐中空而内生瘿，俗称"槐胆"，"槐非千年不生胆"，此乃千年沧桑之明证。

据兴国寺僧人介绍，树龄一千四百载余。此槐位于原兴国寺大殿前，唐代僧人所植，人称"唐槐"，千年风霜雨雪，浴火重生，枝繁叶茂，与古塔相映，以为奇观，人称"唐槐宋塔"，相关资料被著名土木工程专家梁思成收入其专著，现为国家级重点文物保护单位。

民间有"唐槐宋塔""唐塔唐槐"之疑问。结合史料，"唐塔唐槐"的说法较为可信。编修完成于 1936 年之民国《高唐县志·古寺观》记载："唐槐在梁村兴国寺大殿前，即今梁村县立小学校址也。槐约数十围，中已空，而内生瘿，俗谓之槐胆，枝叶颇畅茂。据有经验者云：槐非近千年不生胆。并对于此槐传说之奇闻甚多。考之寺及塔，当系唐代旧物也"。高唐民间有梁村塔与县城大觉寺塔为姊妹塔或姑嫂塔之传说。大觉寺塔史志记载乃唐初贞观年间尉迟敬德监修，为大觉寺塔姊妹塔或姑嫂塔之梁村兴国寺塔，亦应为唐塔。形制宋塔之特征，源自千年维护重修之缘由。

宋朝司马光《初春登兴国寺塔》诗曰：雨过风清露气匀，林花变色柳条新。为君作意登高处，试望皇州表里春。

中国锦鲤，文旅小镇，地理标志，文化名品

于县境西部的三十里铺镇，镇域63平方公里，39个行政村，3.2万人。环境优美，生态良好，民风淳朴，著名国画大师李苦禅、孙大石故乡。高唐因该镇盛产，获"中国锦鲤第一县"美誉、"高唐锦鲤"由国家工商总局批准注册"国家地理标志保护产品"称号，在国内和东南亚锦鲤界具高知名度，于种鱼、拍卖、赛事、市场诸方面渠道畅通，资源丰富。聊城当代诗人谢玉萍《锦鲤小镇》诗曰：小镇初临雪意浓，风中锦鲤却从容。朦胧恍入江南地，暖了身心暖了冬。

完善产业链，从养殖销售延至科研、苗种、鱼苗、繁育改良、鱼粮器材、鱼池水族工程和刺绣、书画、观光等一体之锦鲤文化产业集群，打造全国重要锦鲤文化产业基地，以此核心辐射四周，将锦鲤文化产业与休闲渔业、旅游服务业、生态家居文明城市建设等结合，实现一二三产融合发展，打造集科技、文化、教育、休闲、贸易五位一体之特色产业园。以锦鲤产业带动第三产业，实现"小鱼成就大产业"，创"中国锦鲤第一镇"。创新发展"锦鲤+"模式，写好锦鲤文化与书画高唐之融合文章，用一条锦鲤，打造高唐特色文旅之新名片。山东省教育厅督学郝铁柱《高唐行吟》诗曰：枕玉鲁风福胜地，诗情画意赋高唐。鱼丘锦鲤入佳境，客日彩云归故乡。双海湖山映堂馆，千秋琼树闪星光。龙吟虎啸新时代，紫气东来凝瑞香。

书画小镇，依山傍水，4A景区，景色怡人

位于双海湖北岸，古典园林一池三山，乃一池、一台、三山、六园、九景之规划布局。面积一千四百亩，开发周期五年，东部公建先行、中部商业提升、西部居住补位。书画培训为主、辅以文创文旅及书画康养产业，传承古今书画名人、艺术巨匠品质，定位书韵高唐、水墨小镇、匠心独具、传承千古之中国书画产业。袅袅兮秋风，流水清之波浪细。通过引水入镇，主水道串联湖区，兼顾游船通行，打造小镇绚丽多姿之夜景。次水道流经各功能区形成半岛空间，贯穿商业街，刻画中原水街，鲜活景观价值。滨水建筑、亲水平台、万家灯火、倒映水中，呈现如意回波之唯美意境。

食在高唐，香飘四方，名优特产，全国颂扬

高唐名吃"老豆腐"香溢四方：高唐豆腐脑，早餐必选项。豆质松嫩滑，油卤分外香。比肉更有味，蛋白高营养。物美价又廉，色香味悠长。

天上龙肉，地上驴肉：加工历史，三百余年。风味独特，历久弥香，涡缸工艺，其味无双。朝廷贡品，专供皇上，手工制作，品牌响亮。方法独特，肉色紫酱，清香鲜美，切口明亮，肉烂不散，气血补养，软而不松，脾肾滋壮。香型独有，舒阴合阳。招待客人，无白酒不成席，无驴肉不成宴。前人把驴前腿内侧圆形不长毛之黑皮视为鬼之夜眼，故称驴为鬼。于是驴肉又称"鬼子肉"。乾隆年间，出口日本，传东南亚；每年阴历六月六日，子女按风俗孝敬父母"饼卷肉"，专用驴肉作主料。有名厂商：鲁庄驴肉、潘佳驴肉，老王寨驴肉，申广驴肉。

罗汉贡饼，酥脆甜香：此饼似月饼而无馅，香甜绵软，层次清晰，层层登叠，状似小儿叠罗汉，缘此曰罗汉饼。工艺复杂，制作精良，源于明朝，盛于城乡。

清平坠面，柔滑香爽：启于清末，历史久长，人工精做，机制难仿。工序复杂，技术精良，反复搓揉，循序交往。盘挂竹签，慢坠轻晾，醒好搓条，中空细长，高架轻拉，空心面王。出锅不粘稠，浸煮不混汤，汤随空心走，香柔软润爽，石磨黑小麦，钙铁锌硒藏，营养巨丰富，消化益胃肠，童幼老弱病，产妇尤佳养。曾于美国旧金山万国商品赛会获奖。

高唐名吃小屯糖藕：高唐旧俗，每年腊月二十三，灶王升天，家家买糖藕，户户灶祭奠，甜香灶王爷之口嘴，上天言好事，下界降吉祥，此清平镇小屯村制作上乘。其历史已有数百年。流程严格、美味可口，誉满鲁西，馈赠亲友。儿童喜食，酥脆甜香，容易消化，丰富营养。

地方名吃清平凉粉：盛夏酷暑，气喘汗涌，寝食难安，坐卧不宁。迅觅凉粉，切调碗盛，香辣爽口，肺腑凉清，周身爽快，精神倍增。此鲁西北之主冷食，乃高唐传统名吃，其中尤以清平凉粉著名。原料豆米，泡制而成，粉清如玉、透亮晶莹。防暑降温，营养上乘。

三十里铺镇名吃馓子：炸制馓子，香油白面，清代以来，代代相传，陈井馓子，物美价廉，油而不腻，酥脆香咸。

高唐特产栝蒌：攀援植物，沙土种植，名贵中药。夏秋白花，果如鹅蛋，故曰蒌仁，糖量较高。润肺止咳、化痰清热；其底部秋冬掘出，切片入药，断面洁白如霜，曰天花粉。高唐所产，含粉率高，又曰高花粉。有清热生津之功能，主治热病，亦可清渴。马颊河野生栝蒌质量佳，产销全国。

泉林本色纸：本色卫生纸、本色文化纸，采用天然原料，通过独特工艺，消除致癌物质，本色生态纸，适合民用工用课本用：不漂白尤健康、不含二噁英更安全、天然原料尤环保，自然本色更亲肤尤护眼。

大豆绿色食品：非转基因大豆分离蛋白、大豆膳食纤维粉、大豆油，奥达康/AUDA坚持非转基因理念，畅销五十余国。

非遗古老民间艺术之麦秆画：起源春秋战国，中国独有工艺特色，选材天然植物麦秸，制作复杂,技艺极特,蒸煮浸泡染粘粘贴，14道工序，手工制作，栩栩如生，立体感独特。

高唐麦秆画盛于清咸丰十年（1860年），由李金华于其先辈麦草工艺制品基础上完善创办，形成麦秆画独特艺术形式。1978年，数代传承至李志海，麦秆画工艺日趋完善，参加各类艺术博览会，为众多国内外爱好者收藏。

四季香排骨，滑香肉烂；曹家香焖鱼，肉刺通餐；黄焖鸡米饭，民间御膳；花生油豆油，绿色安全，沙土地种植，有机溯源。红烧酱猪蹄，胶原养颜；不吹牛肉饼，味道嫩鲜；马康羊肉汤，味美不膻。驴肉加烧饼，外酥内软。纯手工馒头，时风喜宴。卅里铺特产，豆皮糕点。清平镇西瓜，满口沙甜。赵寨子蔬菜，大棚丰产。姜店叫花鸡，远销周边。

百年风雨兼程，沧海桑田，百载波澜壮阔，激情澎湃

百年间，改革开放大潮汹涌，中国大地处处激情，时代温度传奇精英。历史积淀高唐文明，紧跟时代变革求生，踏准节拍解放思行，大胆开拓艰苦征程，一往无前进取求精，海纳百川开放先行，永葆动力克难促成，实现跨越谱写心声，凤凰涅槃浴火重生，崭新篇章勠力践行。

改革永无止境，开放执着竞行。正值青春韶华之高唐，树立"不领先即落后，不主动即无为"之工作理念，坚持工业强县、文化兴县、生态立县战略，围绕建设"绿色经济强县、文化艺术名城、秀美幸福高唐"之发展定位，在"实"字上做文章，在"干"字上下功夫，形成动员民众五十万，撸起袖子同心干之发展氛围。农业工业服务业之领域，均得斐然之成绩，一组组鲜活之数据，记录时代发展之奇迹。

产业结构持续优化、构建良性经济发展格局、城镇和农村居民人均可支配收入，连续八年位居全市科学发展群众满意度调查首位。"雄关漫道真如铁，而今迈步从头越"，回望改革开放，留于记忆者，不仅节节攀升之数字，更充斥个个与时代同行之希望和梦想。历史之滋养和积淀，现代之速度与激情，正在960平方公里之高唐大地，交织出幅幅鎏金叠彩之时代新画卷。

起步农业立县，转机工业立县，励志工业强县，臻至生态立县。

百年探索始自农业立县，改革确立工业立县，励精图治工业强县，协调发展生态立县。地处鲁西经济欠发达地区之高唐，历经改革开放之风雨洗礼，满怀信心谋工业，满怀激情抓工业，满怀执著兴工业，始终把工业作为经济发展之主引擎和主动力，栉风沐雨一路成长，铸造众多响亮之工业品牌，工业新形象于鲁西大地绚丽绽放。于农业为主导年代，借着改革之东风，工业领域率先实行"改革、开放、搞活"之方针，对比例失调之长线产品和不适应经营发展之项目进行调整，使工业生产获得新发展。八十年代工业系统改革企业领导体制，全面实行厂长负责制，企业实行承包经营责任制，工业实现了超常规、跳跃式发展。1988年底，高唐工业总产值达到三亿元，历史工业产值第一次超过农业产值，始由传统农业县向工业县转变。

筑牢工业根基，实践改革发展，高唐紧绕农用车、机制纸、植物油等市场前景广阔之优势产品，先后对企事业单位进行资产重组，于全省乃至全国领改革风气之先。时风集团、泉林集团、鲁发信德、纷美包装等一批骨干企业强势崛起，使高唐工业形成"巨轮领航，百帆竞发"之发展格局。高唐又在二次创业主旋律之引领下，先后有诸多工业重点项目落地生根，工业经济继续一路高歌奋进。

转出新活力，升腾新动能。掀起全面开展动能转换重大工程之新征程，正式吹响向高质量绿色发展之进军号。先后确定"两破""五立""十大工程""五大保障"之重任，规划动能转换示范园区，依托邯济铁路高唐站，加快南部产业集中区建设，力推重点低碳项目，高端装备制造、秸秆综合利用、生物医药、装配式节能建筑材料等新兴产业落地生根，促产业转型升级有源源不断之新动能。

通信设施，飞速发展，移动电话、国际互联，信息高速，现代手段。网络信息，程控交换，数字传输，世界资源，信息共享，技能率先。全国最大之农用车生产基地，全国最大之农机配件销售基地，农副产品深加工基地，高新科技纸业基地，精密量具仪器之乡，建筑机械设备之乡，齐头并进，蓬勃发展。依环境优势、区位优势、政策优势，投资兴业，共谋发展，同创伟业，携手向前！

文旅产业，迅猛发展。群体活动，繁荣空前。文艺创作，百花争艳。考古发掘，保护遗产。广播电视，新闻出版。体育旅游，卫生保健。社会救助，公益慈善。社会保障，银龄康安。县委政府，招商开源。广聘教师，多建校园；倾力改善，办学条件。师德建设，并重教研；一岗双责，狠抓安全；尊师重教，风气蔚然。高唐教育，发展全面：幼儿学前，普及规范；义务特教，俱称典范；奋勇争先，高中学段，又添三所，县市前沿；职教中心，省级示范。民办学校，争奇斗艳。文化事业，设施齐全。工农商贸，恐后争先，一日千里，跨越发展。

伴着深化改革之东风，一曲未落，又开启崭新之奋进征程。百年耕耘黄土地"长"出新动能，进入新世纪，"现代农业"成为农业发展之主旋律。实施乡村振兴战略，立足当地资源优势，遵循生态农业、高效农业、循环农业之发展理念，构建种养循环发展、一二三产联动之产业链条，科学推进农业结构战略性调整，优化农产品区域布局，加快农业生产方式转变，提高农产品之市场竞争力。

强化科技创新应用，实施农业"新六产"融合发展工程，重推传统农业向现代农业转变。成功引进新好农牧、新希望六和、环山集团等大型农牧企业，通过"公司＋基地＋农户"模式引领群众走上致富路；高效温室蔬菜大棚流转土地，新建及改建温室大棚；规模化畜禽养殖场获得统一身份编码；向阳花开、赛石花朝园、唐家果汇等项目列入市重点旅游发展项目。

全力擦亮"水韵墨香，好客高唐"之文旅名片，高唐步步为赢：推文化旅游产业深度融合发展，实现景观和文化内涵统一，提文化软实力，增旅游吸引力；力推文化产业自主创新，成富有高唐特色和竞争优势之文化产业；多渠道加入重点文化旅游项目投入，重点扶持和鼓励优先发展有竞争优势之骨干文化企业和重点文化新兴项目建设；加大文化骨干人才之培养和引进力度，着力培养懂经营、善管理、精文化之复合型人才，不断增强文化产业发展之凝聚力、战斗力；服务文旅企业，有求必应，容错办理，周到服务，限时办理，为文旅产业发展做出应有之贡献。

"绿水青山就是金山银山"。持铁腕治污，守生态底线，保环境安全。淘汰燃煤小锅炉,取缔整改"散乱污"。环保督转信访件均从规处理,大气治污专项问题均整改。力推"河长制",迅筹清河行,完成城区黑臭水体整治,出境国控断面超前改善,空气质量四指标显著改观。一套更具魅力之自然和社会生态系统正在高唐建立,勾勒出一幅湖光水色小苏杭、诗情画意金高唐之美丽画卷。清人张文瑞《高唐州》诗曰:驱车流水赴高唐,嘹呖南飞雁几行;此是平原旧游处,风吹梨枣满林香。

文旅之乡,高唐力量,秀丽版图,韵染墨香

秀美高唐,南倚江北水城,运河古都,北邻鲁北平原,东连泉城碧水,西望燕赵大地。既感受城市风貌之灿烂,又领略田园风光之秀美。交通发达,设施完善,环境优美。308国道、105国道穿城而过,青银高速、山东绕省西外环高速交汇与此。并具东倚京沪、西靠京九之交通优势。

烟波缥缈之鱼丘湖,古色古香之柴府,禅音氤氲之大觉寺,秀色可餐之双海湖,水鸟翻飞之泉林绿色湿地,繁花似锦之赛石花朝园,充满民俗风情之向阳花开,郁郁葱葱清平之森林公园。河通河纵横成网,湖连湖湾泊成方,穿行其间,道路通畅,挥手致意,两旁法桐招摇;起舞弄影,四岸垂柳飘荡。昙花一现月见草,梅花三角夜来香。樱桃白莲虞美人、扶桑杜鹃鸡冠花。木棉木槿木芙蓉,月季月桂月光花;吊竹梅、绣线菊,芍药蜀葵彼岸花;花坛松球柏树塔,石榴牡丹锦带花;玫瑰绯桃一串红,杏花梨花六月雪;红梅红枫红景天,紫薇紫荆紫叶檀;地柏石竹黄金槐,海棠水仙美人蕉;蔷薇云杉碧桃,绿丛红花微笑。九步三眼井,苦甜咸分明;十里八孔桥,古今来联通。九曲湖岸,杨柳依依春风渡;一河道渠,波浪清清碧水源。七大广场,书画街巷,惠风和畅,碧波荡漾,花树楼阁,白云徜徉,绿水亭台,金鱼观赏,寻梦佳地、人间天堂,天然景观,文化长廊。全国生态镇之古镇清平,有省内最大之平原森林公园—清平森林公园,获评中国森林体验基地、山东省绿色生态休闲体育活动基地;姜店镇乃山东省十大美丽小镇之一,多姿多彩,秀色可餐。清人朱崇勋《高唐道中》诗曰：野云横处马蹄遥，麦陇青青露未消。行过深林村路转，一溪春水绿杨桥。

临水羡鱼，平湖柳岸，难以赘述，众多景点，目不暇接，流连忘返，既具北方古城之神韵，又发江南水乡之灵秀，此乃园林式、生态型、现代化之新兴旅游城市也。清人边浴礼《高唐道中》诗曰：燕麦摇风郭外斜，柳丝如发弄鬖鬖。断云含雨高唐路，春在半村红杏花。

踏上新征程，谱写新画卷。在"两个一百年"奋斗目标之历史交汇点，党之十九大为中国绘就一幅波澜壮阔之发展新画卷。乘蓝图之强劲东风，充分发挥文化特色、强化载体、完善功能、优化服务，强力整合文旅资源，打造文旅精品项目，精心擦亮"水韵墨香，好客高唐"文旅名片，再展"文化艺术之乡、宜居宜业高唐"之新形象，促进文化旅游再上新台阶，为奋力书写建设现代强国之崭新篇章，高唐儿女，干事担当，意气风发，群情激昂，扬帆新世纪，再创新辉煌，鼎立贡献磅礴之"高唐力量"。

言薄意厚，纸短情长，万语千言，难描高唐。龙脉正盛，举国丰享，圆梦时代，号角响亮。宏图大展，奋发励强，不负华夏，高唐辉煌！

才疏学浅，智弱慧竭，书写所知，每不周接。考诸旧志，不敢轻辄，草构此赋，实录大略。风情景意，疏薄漏错，简陋成文，实感惭拙，遗缺偏颇，敬请斧榷。

第三辑 "高唐力量"征稿新诗作品

◆ 王远静

鱼丘竹梦

把梦轻轻折起

展开修长的身姿

一节一节

漫过红尘的羁绊

袅袅指向青天

剥开层层碧绿的包裹

穿过唐诗宋词的缠绵

摇曳，盘旋

蘸墨挥毫

也说不尽素衣女子的眷恋

一阵紧接着一阵的风

叫醒了江南两岸

睁开惺忪蒙眬的睡眼

嗯，就是你了

风起湖岸绿竹动

你清秀翩翩，宁折不弯

美人倚窗兮独沉吟

之子与我兮心相印

听，竹林在呢喃

最难忘，最难忘

那曾经的山光水色

那曾经的相濡以沫

还有那

跳跃着的成长和喜悦

一路走来，一路竹香

就让我觅得这一片绿林

与你静坐

几许私语，让那空白了的对白

在梦中

轻轻与你诉说

◆ 刘心海

老家空院子

还是这个院子

还是这间老屋

就是因为您走了

这里就永远失去了

令人奢望的笑语欢声

我在这间老屋呱呱坠地

却变成了穆庄村的叛徒

翻过藏有麦秸泥味的土墙

逃进灯火辉煌的钢筋笼子

在利益的鞭笞下日复一日地

重复着机械的早出晚归

期盼中老屋昏暗的洋油灯

只能偶尔闪烁在短暂易醒的梦中

又见蝴蝶兰

空院子的影壁下

一簇蝴蝶兰又开了

紫色的花朵犹如展翅的蝴蝶

翩翩起舞张开双臂拥抱回家的游子

幸福吉祥，我爱你是你的花语

可是之于我却是无尽的孤独

因为栽种蝴蝶兰的老人走了

唯留下一簇绛紫孤零零地守护着

空荡荡的空院子

◆ 刘华香

书画之乡的季节

一

春天，我们含情脉脉

夏天，我们一起走过

秋天，我默默脱下翠绿的盛装

听秋风吹响离别的号角

我故作坚强

那是我特意把时光拉长

静静地倾听你

独奏华彩乐章

二

春天做了你的新娘

夏天为你孕育儿郎

秋来，你看

那金黄的玉米

害羞的高粱

都默默归仓

我也幸福地慢慢飘落

那是为你另起一行……

三

你春天温柔

夏天凉爽，秋天一来

我便怀揣梦想

随你轻歌曼舞

你风韵悠悠

我步步生情

四

秋天来了

你也跟着来了

就在回眸对视的瞬间

黄了菊花，酥了枝丫

我身着黄袍

陪你曼舞天涯……

◆ 刘全刚

回乡偶书

纸钱成灰之后,我起身

重新立于祖辈墓前

随轻烟升起的陈年旧事

早已依稀难辨

久远的往事和细节

都已入土

隆起一座座坟

也使我思绪延绵

前人,归土归尘

土的矮,显出我的高

也显出宿命论里的轮回

还有玄奥的因缘

曲曲折折远远近近深深浅浅

我本来也是一粒尘埃

低得不能超越一草一木

却承蒙先辈恩泽生为五尺儿男

小,可负重持家

大,能卫国戍边

虽无惊天伟业,却也理得心安

脚离开墓地

心也好像回到人间

做花草,做大树

回到我的角色

担当着自己的担当

承前启后

让血脉，让精神

生生不息，薪火相传

城乡之间

这个冬天

年过八十的母亲

再次被迫离开村里的伙伴

也再次放弃自由

被囚禁在有暖气的高楼上

耄耋高龄，陌生环境

母亲不敢独自出门

只能，每天趴在窗户上

贴着玻璃

看着孩子们上班上学

下班放学

然后，一家人一起吃饭睡觉

母亲耳背

许多善意的表达

只有孩子们大声回应

才勉强可以感受到

于是，又囚禁了自己的思想和语言

乡下的老屋已不抵风寒

楼上的暖

拨离着母亲的根，限制了母亲的脚

母亲知道

也只有放弃倔强

囚禁自己，才能让儿女心安

◆ 孙晓宇

龙启山中

鸟声比人的气息盛大

阳光斑驳地照下来

形色各异的树木

各安其好

石阶旋转，不时地显出眩晕的样子

在山顶，地面的事物变得渺小

海面如此遥不可及

海浪涌上来，退下去

礁石沉到水底

沉到岩浆的体内

昨夜，那个人还在梦里

那片火红的玫瑰被藏匿者

释放出来，碎了一地

双海湖密函

信鸽捎来了密函

这夏天的山水也终于有了音信

我取走的只是疼痛

只是长长的分离

在双海湖，鲤鱼跃出了芦苇荡

湖面静下去，却又旋起波纹

银杏树吐出青翠

风轻柔，阳光正好可以和台阶

互相交换彼此的身份

我取走的是你手中的糖分

是一节一节的寡淡无味

细雨斜风，墨色有了寒意

你来，依然贪恋它的汁液

柴府玉兰花

每年春天

我最先牵念的是柴府那棵玉兰

像牵念某个迟迟未归的人

从园边望过去

看着她，花苞渐渐鼓起来

一点点地将粉色张开

直到枝繁跟着叶茂

檐下的空巢多出更多的虚空

燕子想必开始启程

没有名姓的花草在地下

密谋另一番光景

春日出行

红色的木桥向左一转

便是鸟鸣，竹林深处

水流突然有了声势

蜿转向下，传递着春天的信息

在桥头，灌木丛用它的柔软扯住我

而我，把柔情倾注指端

抚摸柔软之处深藏的空阔

千山连着万水，万水连着千山

水面，一片花瓣随着流水翻卷

它已放弃抵抗，它本应生长在地势高处并安于纷飞

如今，春意消磨了太多的借口

我的八卦炉里炼不出一颗像样的金丹

书画之乡走出自己

烧水，清洗茶具

放入些许茶叶

已然沸腾的水顺着杯壁旋转而下

扑面而来的是清香之气

铺开纸张

纸张上走出高傲卑微的自己

我知道这片纸张里一定卧着大树

我在纸上摆弄这些文字

也想让它们吹出清风

飘出墨香

湖边蚂蚁

中午,看到一只蚂蚁

在绿藤下爬行

像泥土多出来的

一粒黑斑,可有可无

它的巢穴在阳光不可及的阴凉处

我伸出手指,划出沟壑

它左冲右突,一次次陷入困境

它或许是一个侦察兵

急着去通报雷雨临近的传闻

它或许是一个年青的妈妈

急着回去给孩子喂食

而我攀附于藤蔓

设定危险,又举棋不定

而我也孤立无援,生如蝼蚁

面对中年诸多的不便

归于某处的巢穴

清平古城老街

满脸斑痕

咯吱咯吱地磨着自己的牙齿

牙齿松动,已关不紧门户

满街疯跑的伢子

散落各地，搜寻的步音

总算把老街跺出一丝声响

从体内抽出一根枝条

把自己种下去，从此

背着老街行走江湖

◆ 孙殿英

一个人的孙庄

孙庄很小

小得只是从我的前脚到我的后脚

孙庄很大

大得我走了几十年

也没有走出它的怀抱

夜深的此时

孙庄所有的灯都熄了

孙庄所有的人都睡了

只有我

乘着酒醉走在街上

走在这样的街上我不喝酒也是醉的

醉意朦胧中

我清楚地知道

多年来孙庄变中的不变

清楚地知道

我是孙庄的孩子

也是孙庄的主人

就像现在

我从东到西从南到北地走着

独享着一个人的孙庄

我任意坐卧

我醉眼迷离

北湖的柳树

它止住我的脚

收起我的远方

唤醒我所有的感知

打开我的触觉、视觉、嗅觉

也打开它自己

生色，生暖，生香

它的树干任我拥抱

它的桠杈由我攀爬

它任由我

亲吻它的枝叶

吸取它花蕊里的芬芳

我清空了我的心

醉在它身旁

我的世界可以这么小

这么安静

风不举，尘不扬

家乡枣儿都是甜的

那些不起眼的

那些卑微得没有言语的

那些滚落在草丛砖缝的

那些枣儿都是甜的

那些歪的枣儿裂的枣儿

带麻子的枣儿

被虫子噬咬过的枣儿

那些枣儿都是甜的

二干河从孙庄村外流过

河水穿过平原

继续流淌着

停不下的是我的手

掬起一捧水

摇晃着水底的沙

其间闪闪的光

如璀璨的星

耀显着我的富足

我拥有整条河里的金

我拥有整条河

我拥有整个平原

干干净净的平原

干干净净的河

干干净净的时光

都在我手里

都在我指缝间

缓缓，缓缓地流淌

蟋蟀的秋天

有月亮的时候推开月色

没月亮的时候推开时光

在平原深处

在秋深处

它推远身边的禾草

把它们变成尘世的边缘

圈出一己的天地

在一己的天地间

它鸣叫忘情鸣叫

可劲儿鸣叫

没有谁可以打扰到它

周遭的安静

膨胀着一只蟋蟀的鸣叫

如此小的宇宙

无限延展着一只蟋蟀的感觉

无限延展着

一只蟋蟀的鸣叫

故乡的月亮和田野

慢悠悠走在庄稼间

我只是在看

看庄稼挨着庄稼

承着月色把平原展开

我只是在感觉

草香和禾叶香渗透月影月光

也渗透我

渗透月影月光也渗透我的

还有草丛里秋虫的鸣声

还有夜的暗静,还有秋凉

庄稼高密时,庄稼淹没我

庄稼稀矮处

我看到空旷辽阔

夜很低,月色很低

秋很低,田野也很低

不为别的

都只是为了贴近我

龙启山的春天

树,自内心掏出纯洁

风,从遥处吹漫和煦

这些,我都没有想

都没有注意

就像丝毫没有察觉自己眼里的清澈

像不知道自己体内

种芽正缓缓萌动，悄悄发力

我也没有意识到自己

时光在我手中，这么干净

季节在我身后，被忽视

也忽视了沐浴着的阳光

忽视了我身上

自然散发的美丽

鲁西北的布谷鸟

身陷六月的鲁西北平原

布谷鸟的鸣声环绕着我们

向我们靠近，向我们低头

我们用它的叫声为它命名

"咕咕叨黍"

我们把它的声音译成我们想说的话

"麦子熟了"

"割麦播谷"……

这些意思，那鸟不懂

而是季节催生的，我们心底的殷切

后来这种鸟鸣变成你殷切的心跳

"我要回去"

再后来，变成我的追问

"你在何处"

这么多年了，我一直在问

是啊，我不知道你去了哪里

只是常常一遍遍问

"你在何处,你在何处……"

故乡炊烟袅袅

添柴人把自己送入灶膛

舔着灶口的火苗,屋顶袅袅的炊烟

都是我的依靠

都是照亮时光的明暖

炊烟散尽时,温度归零,真切成空

你,已是难以抵达的远

我心里的怦然,归于天色的灰暗

之后,我回不回

都没有人殷切地等

都没人询问,没人挂念

残存的一堆柴,如我的期待

在风雨里,渐瘦,渐矮

再也生不出火

安静殷实的岁月

带走许多事物,许多人

一晃就成了过去

鸡鸣、犬吠、牛叫,都不见了

也不见了炊烟

村庄陌生成一条枯河

滔滔水流,已是远古的记忆

已是一个模糊的传说

杂草盖住鹅卵石

河床变成一片荒原

◆ 孙殿荣

心灵的翅膀

梦

能开花结果得接穗，

只有嫁接到合适的砧木上，

才能复活心中的希望。

花

有追求的绚丽多彩，

需要牺牲自己

才能拥有最终的完美。

盼望

幻想的空泛中，

谁放飞断了线的风筝？

心底里，

在慢慢地将她收拢。

黑暗

孕育着将要爆破的能量，

沉静地积蓄，

默默地酝酿，

绽放开的是五彩斑斓的光芒。

生命与我

生命与我，只不过是时间上的等待，

我的心，早已回到自己的天国。

那里盛开着无边无垠的自由，

我的心就种在那一片快乐的沃野。

沉默

没有该不该说，

想不想说，

只是习惯了对自己说

因为说出来也没有人理解。

回眸

只是轻轻地回眸，

我便淹没在你的眼波，

那一片柔情的海里；

来生化蝶怎样，

飞蛾扑火又怎样，

只是今生我早已身不由己。

爱情

只有风的缘分，

不要求雨的恩惠，

茫茫人海中、蓦然回首

怦然心动的那一个眼神。

虽然只是瞬间，

却足以让你的人生如沐春晖。

爱情啊！你如此的凄美！

寂寞

我淡出喧嚣的视野，

如同天边的闲云一抹，

不曾被发觉，角落里，

承受着蜕变的磨难，

渴望有一天破茧成蝶。

雨

没有目标的奉献,

带来没有预期的结果,

不知怎样判断对错,

回应这个世界的、唯有沉默。

◆ 沈秀丽

牵手一生

顺着白云,天边瞭望

看蔚蓝的天空,像岁月的新娘

仿佛妩媚着,所有青春的阳光

曼妙时光,飘飘荡荡

晕染那漫天的芬芳

醉吻那白莲的花香

留恋在佛意的荷塘

恬然扑面,满径的檀香

芸芸悠然岁月,萦绕温暖花房

轻倚琉璃,在一曲禅韵里徜徉

一路品味,桃花梨行

翠绿枝蔓柔软清香

迷恋那轮回的悠长

沉醉于梵音的清扬

别日见花红

凌霄花，娇妍红

叶枝丫，绿葱茏

彩印一朵放心中

莫待秋至空伤情

花易去，叶随风

常梦中，共花行

◆ 宋金生

马颊河最后一个冬天

迟疑了许久

雪，还是落了下来

覆盖了鲁西平原

父亲，踩着雪花远去了

消失在麦田深处

这个冬天，落寞得让人心疼

大片大片的云堆积下来

远山被挤压成一条厚重迷蒙的线

好像唯有把身躯缩进泥土

才有些许的空气，让人得以喘息

站在空空的院落里

我茫然不知所措

时间已经呆滞，没有泪

心里，却荆棘丛生

一只野獾，沿灌木丛跑至村西

村西有一条河

像极了一匹瘦马的脸颊

水在河床里不紧不慢地走着

一如三十年前，我离开的样子

三十年，平静得好像什么都没发生

龙启山落叶

我走进风里捡拾落叶

像落英缤纷如寂寥的秋雨

在空中快快地打着拍子

我什么都没想

只是低头拣那叶子

牢牢握住那份飘摇

锁定她飞翔的姿势

叶子在掌心安详地躺卧

纤细的脉络有透明的血

无声流淌

你已在枝头高挂了一春一夏

却为何在秋日里唱起

凄凉的挽歌

读你如一本无字天书

我只有从你疲惫的眼神里

揣度你曾经绿意盎然的一生

鲁西北的平原

有河水漫过堤岸

扰乱暮色

父亲在远处轻声唤我

重复的梦魇像一道符咒

总是在某个时刻准时抵达

记忆被搁置在那个冬天

在堤上，在坡下，在河边

白萋萋的茅草肆意横生

我看见平原一片片倒下

裸露出沙黄色的沟壑

有流水交错涌动

有野兔在奔跑

有风的声音在喋喋不休

一道桥委婉地将水面分割

一半是塞北一半是江南

大觉寺听禅

不再喜欢烟草的味道

指间的淡黄早已悄然褪去

开始试着去认真做一件事

或听风。或读雪

或者像山门外的小沙弥

去虔诚清理每一片叶子

大觉寺在很远的故乡

大殿正中佛祖泰然端坐

有一片云

徘徊在寺庙的上空

有静默的树遍布

有无数的鸟纷飞

倾听木鱼敲打的声音

有禅意袅袅，入耳入心

诵经声萦绕于大殿

我却始终无法参透这经书的内涵

立于佛前，我双手合十，肃然而立

恍然间，忘却了红尘

鱼丘湖缠绵的鱼

精心设计

无数个感动

教你学会如何

做我的爱人

坐在冬天

织　张夏日的网

浸透我所有的火热与温存

不会让你感到窒息

我会陪你

做一条无忧无虑的鱼

用七彩的鳞片

为你做一件

世间最美丽的彩衣

当光滑的石头长满

嫩绿的苔藓

我会有缠绵的眼泪流出

在黄昏的某一个角落

偷偷望你

纵情于湛蓝的水面

快乐的游动

自由的呼吸

尽管，我的记忆只有

短短的七秒

可我知道里面

全都是你

醉在子夜时分的双海湖

我把寂寞

浓缩成夜的影子

在无边的黑暗里喘息

渴望有一束光

植入荒凉的手心

在这个夜晚

我倾尽所有的琼浆

迷离旷野里

所有隐藏的无知

我知道

你在夜的那边等我

等我，用全部的才华

凝聚起委婉的诗歌

牵动深海里的太阳

对不起，我醉倒了

在这个狂躁的夜

我无法安定自己的心事

无法用双手制造锋利的武器

去刺破黎明

诗歌，延徐徐的风

流向远方

远方，有琉璃的天堂

撒播惬意的光

四湖夜行

我喜欢寒冷的夜

喜欢冷冷的月光漠视

空旷的街

梧桐树光着头排成两行

突兀的枝干倔强地昂首

宛若站岗的士兵

街灯明亮地照着

暗青色的马路

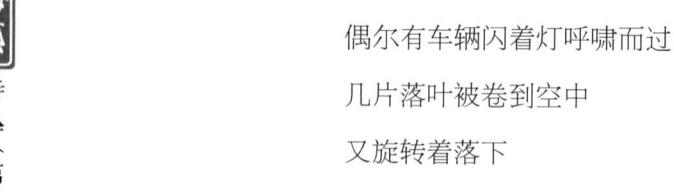

偶尔有车辆闪着灯呼啸而过
几片落叶被卷到空中
又旋转着落下

我喜欢这种感觉
喜欢在寒夜里去重温
那些儿时的童话
童话很美
一直深藏在我的记忆里
唯有此时
那些美丽的精灵
才出现在我的眼前
夜，还在向远方延伸
脚步，依然前行

行走在柴府花园

总幻想，你于飘雨的七月
拾捡裙裾，踏着露珠而来
前世便错过的尘缘
如今，我不再是
泥质的陶俑流泪
折断长矛褪去盔甲
告别刀光肆虐的战场
骑一匹瘦马走近你
云环雾绕的望岳厅
目光温柔地抚摸

你轻灵曼妙的舞姿

你是北湖之心

那株淡雅的兰花

在幽静的花园里

绽放自己的美丽

没落王朝早已沉睡

而你却依旧精心

装点属于我的宫廷

马蹄儿轻轻

不敢惊扰你的清梦

月光如水

淋湿我千年的相思

书画之乡的色觉

风景，很绮丽

一幅水彩画

在风的诱惑中

撑裂画框

将浓重的色彩

溢了满地

红了山坡，绿了草原

沿一溪流水蜿蜒而下

洋洋洒洒走入我的视野

雨，负着三月远去

轻轻，推开四月的门
窗台上的紫丁香开了
泛出忧郁的光晕
在黎明或者黄昏
用浓浓的色笔
将一黛远山
涂成一片模糊的记忆

是跳跃的思绪吗？
于晴丽的日子
将一页便笺
妆成一纸隽秀的文字
八月，风很轻
轻启梦的小窗
独温，那份默契
我是你心中的橄榄坝
如鸟分开
你辽阔的秀丽

◆ 范连琴

鱼丘迎春花

磨了一冬的喙
最先啄破时间的壳
一点一点拱出来

阳光一点一点地暖

内心的小灯盏一点一点地亮

借一缕料峭的细雨还魂儿

黄色小蝶颤动翅膀，一朵一朵

娇小，柔软，明亮

在鲁西平原展开第一块丝绸

替未到的杏花桃花起了个头儿

还没长大，还在长大

多么美好

这群正月的黄口小女儿

守候在春天必经的路口

微微张大嘴巴

它们叫醒的春天

多么薄

湖岸二月草

我闭上眼睛

聆听她的颤栗，细语

在很大的平原

她正说出很小的愿望

一生只有一个身子

多么卑微，单薄

在霜后变黄，慢慢枯寂

一场场春寒里

她又艰难地来到这世上

努力伸向空中

努力让自己不发抖

她张开的双臂

是给予人间的第一个姿势

引领我的灵魂一点一点，返绿

三月，在鲁西平原

那是三月，那是鲁西平原

那是明黄与璀璨流成的海

托着太阳

八百亩油菜地中央

我清晨劳作的爹娘

一前一后

被起伏的浪拍打得摇摇晃晃

那是三月，那是我咯咯笑着的童年

滚满油菜花的芳芬，追赶一只小蝶

从海的深处飞过来，飞过来

那么大的风

掀起我的碎花衣襟

蒺藜花

在故乡的田埂，地角，沟边
蒺藜花贴紧大地，匍匐着开，蔓延着开

没有蝴蝶的翅膀，没有桃花的颜色
像天空不经意撒落的几把星星
在盛大的春天，在最不起眼的地方
用浅淡的黄一毫米一毫米，一厘米一厘米
慢慢拓宽生命的空间

但是，谁敢轻看它们？
对于试图靠近的口唇，践踏，偷盗和掠夺
这些乡下的妹妹会成为真正的铁蒺藜
亮出花朵背后所有的刺

徒骇河雨后

这是鲁西，八月
河坝之上，玉米林抬高了天空
浆果蓄甜，豆荚胀满
芝麻地又开出几朵小白花
蒲公英头顶雨珠，怀揣飞翔的秘密
而蒺藜花繁星般，为田畴的衣角
绣上鹅黄的花边
放眼望去，一群劳作的蚂蚁散在田间
在趁这场好雨打杈，锄草，追肥

不远处，见涨的徒骇河水波光闪闪

河风清凉，送来灰喜鹊一声一声

报告安宁的信息

这是雨后，我的鲁西，八月

一切生命都在遵循自然

它们身份卑微

但灵魂葱郁向上，坚韧干净

在多灾多难的人间

无洪水干旱冰雪之忧，虫噬污染之痛

而今生，我多么有幸生长在它们中间

有雨水涤荡后的芳香和青翠欲滴的生活

身体一天比一天饱满

一天比一天丰盈

春到双海湖

是一朵云降落在鲁西这幅巨大画布上

变成的双海湖

是五十万高唐人用心墨泼出的双海湖

是风行杨柳岸的双海湖

是荡起朝霞明月的双海湖

与春水对映

眼在水中，水在眼中

岸边女子的眼睛是湖水洗亮的

洗亮岸边女子眼睛的湖水格外美了

让长发披散成碧波

让发梢浪花微卷

让阳光明亮的翅膀

扇动桨声,歌声,花开声,孩子们的笑声

向春天深处荡漾

脱去你尘世的鞋子

踩进这汪清洌的绿中

清洗脸颊,清洗心灵

让嘴儿尖尖的小鱼苗

触痒手心和脚面

让你的心呀,痒得发颤

让你的唇呀

颤得一提起这鲁西的小江南

鱼丘湖蝌蚪

多么小多么弱

这群四月阳光孵出的孩子

被惜墨的笔尖点进清纯的十里鱼丘湖

它们的尾巴多么短

短得像这个一闪而过的春天

又多么长多么沉

拖着它,一朵不大的涡流

都会打得身子东倒西歪

几条暗长的水草

也能纠缠起内心的惊慌

现在，这些蝌蚪成为我往事的索引

把朴实的柴门推开，我是一群中

最小的那个，童年

跑得最慢

那　时

那时，一颗颗紫葡萄沾满乡间的露水

挤在一只新柳条筐里

被母亲轻唤着叫卖

那时，幼小的我跟在母亲身后

手指噙在嘴里

想吃，又不好意思开口

怯怯的眼神儿，滚动成两颗紫葡萄

那时，三十多岁的母亲个子很高

却枯黄如秋风中的草

那时，只记得她笑听城里人夸我懂事

低头看我的瞬间，藏在眼角的泪光

一闪一闪

那时，我的幸福多么小哇

是一句话，或是几粒带有甜味的葡萄

干净大觉寺

牵牛花是干净的

一路吹打

用自己的脚走路

用原生态的嗓门唱响信天游

草叶上的露珠是干净的

风吹过，她挣扎的身子

不变形，不滴下

一小朵白云是干净的

在惊雷还没炸响之前飞走

飞翔的身影覆盖起一小片大地

大地之上，一只蚂蚁尘土满面

呼唤另一只搬运巨大的幸福

不消说，它们同样是干净的

选择飘逝的你也是干净的

守住佛祖的秘密

在一朵雪花里打坐

雪花是干净的

它落在儿子掌心的泪是干净的

千万朵雪花飘过后

还有什么不会是干净的

菊花盏

许多花都熄灭了,它还在

如豆的一盏

开在我的书案一角

在夜里,它看着我

只燃烧,不说话

当我从文字中偶然抬头

身陷瞬间的困惑和茫然

它就劈啪一声,将自己拨亮

一道佛光,一个黄金的启示

将一颗即将浮起的沉潜之心

轻轻按住

◆ 郭兰朵

幸福时刻

丝雨蓦然落地,密集如织

屋檐下幼燕翘首,等待觅食的父母

它们"啾啾"着在泥巢的边沿

张着急不可耐的黄嫩的小嘴

蓝色凉棚,彩钢瓦被雨滴奏响海洋交响乐

站在枣树旁,侍弄几株凤仙花

细雨淋湿我的发辫,碎花的棉麻长裙

枣花馥郁的芳香直击灵魂

假如此时我说"爱你"

不必讶异，请收回你狐疑的目光

如果你也深爱着这个世界

傍晚的丁香花

多么安详，细弱幽香伴着鸟鸣

一架银色的飞机在高空中

被晚霞映辉

犹如最美的鸟潜进月亮的心窝

黄昏静谧，葱翠繁盛的树木

在它们最好的时段里

笃定，沉默

我看得出，你动了真感情

说起过去泪意盈眶

这是夏天，没有最后一朵玫瑰

可供，我们有分别的仪式感

一个人走在愈来愈深的黑夜里

哭过笑过，曾失魂落魄过

那些憧憬渐行渐远

所有的过往皆进入我的灵魂

想念不及，日子太近

我们都是小人物

只被爱的人在乎着

青青书带草

先于园区、路边、甬道

绿起来。一簇一蓬

一片春色

这些沉默的绿色日益蔓延,一路汹涌

一路浩荡。赏花人在花谢之后

被满目的葳蕤所安慰

很多时候,我盯着被晨露打湿的狭长叶片

总会把书带草

想象成一位读书的公子

不为功名所诱,只读圣贤书

这芳草萋萋,无名的卑微

又像日夜随侍的书童

甘愿为这绵绵春意,无怨相守

风的缘故

因它——

红杏出墙,二月兰摇曳

海棠粉白的无法把持

田野满目葱茏,花满枝头

一畦韭菜等待一场盛宴

香椿的气息蛮横

夜色避之不及

唯有那个叫小芳的妇人
在沙沙的风雨夜,为落红
——有春愁

款款而来
破旧的三屉桌,昏黄煤油灯
两个挤挨着的小脑瓜
表哥写大字,我专注地看
眼神有风,灯影摇曳

青梅罕有善果。一生的年日
常有南辕北辙
其中微妙难以尽述
年华略有不同。认命是慰藉
亦是不得已

回首半生苍茫,时光如渊
暗恋的痛楚……汹涌
春潮曾怎样击打青春海岸

激情不再。雪花飞舞的冬日
炉火春茶。一段记忆重现
两鬓斑白

——已是黄昏将晚

值得赞美

炎热酷暑，煮一锅绿豆汤

赞美造物主，总有美意

让万事互相效力

比如饺子蘸蒜泥，黄瓜拌凉皮

小米粥配咸菜，还有红花绿叶间

日月星宿各司其职，蓝天下面有云朵

鸟儿有枝可栖，人海茫茫

最奇妙的是遇到你，所有美好的事

都在发生，我是被

上帝亲吻过的人

他的巧妙安排，我们

——黄昏相爱

并赐下半个月亮来

夏 安

厨房狭小，那扇窗尤为重要

朝晖偶尔会眷顾

吊在螺丝钉上的一小枝

——粉色海棠

蜗居与天涯，方寸之间

洁净的瓶罐罗列，锅碗有安身之处

喧嚣或寂静。一扇窗的距离
五谷喂养平庸，何尝不是安好

月圆之夜，听他沉睡的鼾声
常为心系文字。略有不安

这个爱我的男人，不懂诗歌
他终日为生计奔波
给我文字以外，最安稳的生活

无酒空醉

不去追溯是怎样认识的了
时间过去一年
他还爱着我
又过了两年，我们依旧相爱
多么幸运，五年了
我们走在风霜雪雨的四季
十年以后，我的幸福没有减少
多么开心，欢笑在心底不断涌出

他吸烟饮酒，醉了说胡话
把我扔在床上胡作非为
我读诗，煮粥，有时耍小性子

我们偶尔争吵，冷战
然后像小孩子离不开母亲

总是怯生生地缩在角落里

等待另一个人的宠爱

我们兜里都有掏不完的糖

苦的时候，互相喂食

夜晚从来不丢下另一个

哪里有光，我们就在那里

多么好的一生，我们的爱

一辈子，被对方需要

九　月

依旧水深火热

有一种情绪躁动

像箭在弦上，一触即发

如果实在枝头，越来越馨香

有一种恐慌

像夜晚的星辰又明亮的眸子

在窗外闪闪发光

像我的心总是如此迫切

从未有过片刻

不曾爱过你

◆ 唐玉明

鱼丘蒹葭

吸了一口凉气。立秋之后的水纹

夹杂着特有的丰韵一层层倒向岸边

岸边，迟归的人还没有来

你宽厚的叶子本来可以三寸，此时

又摆动，长出了清霜

有些岛屿叫仓惶，有一种水底的浮游

面带羞怯，叫蒹葭

爱她们，内心的空荡

折断后，做她们头冠上的羽毛

做汀渚，埋藏她们的柴骨

玉带桥暮春月影

是远处的山岭压低了夜晚的凉意

野雀有幸，羽毛向后收拢

它触碰到了斜坡

是一群小矮人点着荧光闪烁的微弱

环绕树冠，慢慢抖动

慢慢地伸出手中紧握的丝线

相爱的人，有别于藤蔓

用擦拭拂去体内余温

最后剩下一场雨，一粒果核

是树下，多长时间的失去听力

我只看到暮春在变

月光再一次将我们覆盖

双海湖栀子花

披长叶的人，颈上有青痣

后背多出来一把音色柔和的竖琴

她不弹，不发出青涩之声

只待花开，初夏迎来一场浩繁的雪

那盛年无处藏身，无处躲闪

说出的话会溶解，会像根茎爬满花架

她移动了整个平原，整个海岸

那棵依赖于素食，独居深谷的树

湖岸飞蛾

春雨又慢了一步。水面平阔

一小块褶皱迟疑着松开手中湖水

五月将尽，银杏叶略带微醺

细碎的事物从远处靠近，我和白鹭

为你捻制麻花状的绳子

一根是你

一根是鱼骨寺游荡的脊背

你牵着，我。赛石花朝园牵着晦暗

这一路的停顿，有无数次逃脱

像野玫瑰零散的褪去外衣，止于扑火

枫林落叶

她从枝梢找到一片寂静

找到一个人的前身

她想信，每个人落下来

在途中会找到另一个刚刚醒过来的人

她习惯于暗夜

等待的不是春天

而是树叶铺展，树荫下会有

喜欢的人

鱼丘冬夜

给剪刀找到合适的位置

它们属金，适宜放在密闭的容器

为长夜的安眠锻打微型的小周天

给小动物添加适量的草料

它们属水，适宜在暮色掩饰之下

修习恋爱的秘术

让所有的物类得到安神续命的药贴

居有其地，生有其事

诸神归位，心无旁骛

不再羡慕炫目的烟云

躲开流水深处鱼跃的避障

为寒冬，为自己准备三两片余香未尽的清叶

柴府读书

呈蔓延之势。我们毕竟要学会攀爬

不动声色的抵达。除了微弱的声像

除了魑魅，还有水面预约的饕餮

那些轻易失去血肉的墨色

终将露出狰狞，一次次的割舍

一次次，刺穿细雨中坠落的叶片

重力和推延，和角色扮演，和针线

缝合了余震不绝的伤痛。在柴府花园的入口

匍匐于地面的石头坐起来，目光呆滞

口齿模糊，已经记不清山水的出处

画押，开具证明某人性别的书信

然后盖上鲜红的美人痣，我们遭遇了册封

初冬，从针叶树的夹缝穿过

许多流浪的植物，站在泥泞不堪的河边

假扮那个落水自溺的女生

朗读：深水区暗流汹涌，藏着无数刀子

抄写：概率论，我们出走外乡

不会贪婪的现出窟窿，不会殃及无辜

大觉寺悟轮回

风吹草动，万物皆有灵性

扎根于泥土的不参与生死轮回

沉溺于水畔的多是自食其果

双目失明的能够察觉隐身于草垛的

机关埋伏。双耳失聪者

听得见亲人低分贝的召唤

而哑巴胸襟空荡，时常用腹语

和家畜进行交流，他们没有声带

却能指挥失眠的星夜合奏迷人的交响乐

却能替代萤火虫说出幽深

◆ 崔 哲

听妈妈讲过去的事情

小时候，妈妈讲

晚上迷了路，不要慌张

就看勺子星，其中勺尾星最亮

他在北方指着方向

北斗有七星，但称北极星是兄长

勺子七星一年四季变换方向

他们会画同心圆，圆心是兄长

勺把向东大地回春鸟语花香

勺把向南春去夏来万物生长

勺把向西落叶知秋丰收在望

勺把向北万物冬藏白雪茫茫

长大后，为了生活奔忙

在繁华都市却失去了方向

线上线下，满眼是网

脚步匆匆，车水马龙

高楼大厦，空间遮挡

夜再无北斗，日也不见阳光

夜深人静，路灯闪亮

北斗星辰入梦乡，还是听妈妈讲

妈妈，请您原谅我

做为一名消防员

没有双休没有佳节

没有陪伴妈妈的时间

更没空游玩和娱乐

在烈日酷暑的炎炎夏季里

我穿着厚厚的防护服

冒着火海热浪冲锋陷阵

不曾犹豫从无退缩

在天寒地冻的严冬里

手掌开裂流出的血

染红了手指创口的伤

但冻麻的双手始终紧握着水枪

对准灾难最严重的方向

在抢险救援的十字路口

在风疾夜黑的事故现场

在危化品泄露的高速上

在高空、在井下

在河里、在山旁

在每一次接警出动的

每一个危险地方

都面临着生与死的考量

但是，只要灾情需要我

只要人民召唤我

我就会奋不顾身奉献拼搏

不惜以青春和生命的代价

赴汤蹈火降服兽魔

保护人民的生命财产安全

是我神圣的职责

我要用经久磨练的双手

谱写坚定不移的人生之歌

祖国，亲爱的妈妈

如果我牺牲在救灾的现场

这就是我的心灵之歌

遇见最美的春天

心在一片阳光中轻越飞翻

春在草长莺飞中上了青天

在时光的素笺上

用明媚的笔调

将春的美好称赞

那飞扬在笔尖的韵律

是生命流动的容颜

是谁将温暖留住了春天

是谁用诗意装点了流年

尘世的花香

穿越了时空悠悠而现

知心的默契

无须太多语言

寥寥芬芳几许恬然
已将春天绚烂

带着前世轮回的思念
感受曾经久违的艳阳天
临一湖碧水
闻一缕香甜
赏一片春色
满怀芬芳花草的爱恋
与最美的春天相见

春天恋曲

春天里，春晖春晓春光好
春季里，春芽春花春色艳
春月里，春耕春种春归田
春日里，春游春城春江边
春潮时，春雪春雨春水蓝
春眠时，春心春意春宵浅
春华时，春忙春收春风暖
一起赞，草长莺飞二月天
一起看，人面桃花映红颜
一起闻，二月春风裁细叶
一起想，多少楼台雨中烟
一起听，千里莺啼绿映红
一起疯，水村山郭酒旗风
一起恋，拂堤杨柳醉春烟

与卿偕老

是谁的身影，留在了你的书夹

是谁的容颜，凝视了你的秀发

是谁的回眸，擦肩了你的想法

是谁的豪情，定格了你的芳华

将军归来望卿家，卿已长发及腰搭

沙场捷报将军笑，脉脉满泪巾帼花

曾经山河飘摇家，英雄血战长啸发

纵使寒霜白头老，何惧千古同敌杀

四海风清吹华发，风起云飞利剑拔

情归故乡壮志豪，将军功成满身疤

梦中偕卿凝新芽，多难华夏愈奋发

天下太平君已醉，执卿之手把泪擦

将军的指尖，绕顺了你的秀发

将军的脚步，踏实了你的韶华

将军的柔情，熏染了你的豁达

将军的身影，永驻了你的新家

花儿为什么这样红

因为我有爱

我看见了美好的你

因为被我爱

你展现了更好的自己

我们，不要说一样的话

但心里，已开出同样的花

◆ 崔　毅

你悄悄来过我心里

人生的脚步匆匆忙忙

甜甜的回忆在岁月里幽幽滋长

濛濛的日月留不住芸芸时光

记忆因回味变得漫漫悠长

淅淅沥沥的似水流年

煽动亮亮的羽翼过关经山

穿越在漠漠时空的维度里

悄悄牵手过去轻轻拥吻从前

青春在每个人的记忆里

或许都预设了经典画面

是默默相思悄悄暗恋

是缘起擦肩回眸相见

是海誓山盟未能如愿

是茫茫人海一世奇缘

或是天各一方事过境迁

都成了回忆中最美的昨天

时光成熟了清丽容颜

岁月成就了青葱少年

天长地久等来昙花一现

有缘再见止于不如不见

唯有初见时留起的青春影像

轻刻在不可排练的人生舞台间

青春与故乡一样

是每个人的终生怀念

青春终将逝去

曲终也会人散

留不住的是青春

忘不掉的是思恋

流失的是难忘的青葱岁月

永恒的是心动的豆蔻情缘

岁月风蚀了容颜

那些记忆中的甜美画面

也悄无声息地飘飘散散

沉沉浮浮过滤下来的

是一幕幕清晰的底片

在时光的尘世里悠然浮现

你悄悄来过我的心里

我默默走过你的从前

美妙恬然，脉脉相伴

成为自己想要的样子

岁月永远年轻

父母慢慢老去

难忘是你的童颜

不舍是你的调皮

无论咫尺还是远离

请珍惜这一世相处的时光

即使有下辈子

也不一定相遇

每个人，都有自己的了不起
你的优秀，不需要任何人来对比
你是父母心里，从不可缺的唯一

做一个可爱快乐，积极向上的人
做一个平和踏实，沉稳善良的人
人善人欺天不欺，人恶人怕天不怕
良善传家远，诗书继世长

若岁月静好，那就少些苦干
不像父母坎坷艰难
若时光维艰，那就多些历练
像父母一样苦中也有甜

昨天再好不能回去
明天再难也要抬腿向前
没有比脚更长的路
没有比人更高的山
深深体会，你就会发现
曾经的每一次努力
都会有超值的回报来到身边
可能会来迟，却从不会离远

时光过得太快，都不会再重来
你也渐渐明白，曾经漠视很多关怀

不管以后的路有多苦

紧紧把握擦肩的幸福

默默坚持无需自卑

那美好的东西

总会在不经意间出现

让你惊喜，值得你记念

在美好的时光里

只管耕耘不问收益

经过多年以后，你就会蓦然惊起

原来，你已活成心中想要的自己

◆ 崔艺航

爱有颜色

我喜欢红色

因为妈妈的爱暖融融的

像红红的太阳照在身上

我加入了少年先锋队

敬爱的队旗红领巾也是红的

这应该是爱的颜色

我也喜欢蓝色

因为爸爸组织公益活动时

叔叔阿姨们都穿着蓝色的服装

笑着给敬老院的爷爷奶奶送爱心

这应该也是爱的颜色

我也喜欢金色

我的奖状是金色的

丰收的秋天是金色的

老师说我的童年也是金色的

这应该也是爱的颜色

真没想到，爱的颜色这么多

◆ 崔宝心

独爱诗词

因为很多意境

眼睛看不到，诗词可以

因为好多地方

手指摸不到，诗句可以

因为时空所限

脚步走不到，诗篇可以

爱诗词的人，

有更高层次的精神世界

纵使深陷泥潭，

依然可以仰望星空

在诗词里，我是文学王国的主角

在生活里，我有精神世界的骄傲

中学的时光

那地上的垃圾，我轻轻把它扫起

校园才显得干净卫生亮丽

那朵窗下的小花，我曾为它赶走害虫

她才有了初一那年的美丽

那棵竹枝桃，我曾帮她扶正了根基

她才有了初二春季的芬芳艳丽

那棵梧桐树，我曾提桶浇水

她才有了今年初三茁壮的枝丫

转眼初中毕业，我舍不得你

难忘的校园，你可记住了我的倩影

行行的绿荫，你可记得我的足迹

教室的门窗，我仔细把它擦净

因为她曾天天映照我读书的身姿

彩色教学楼的阶梯一步一步

留下了我求学的印记

校园的春风赞叹过我文明的举止

塑胶的操场见证过我矫健的身躯

时风中学，我舍不得你

有时间一定再去看望老师和你

◆ 崔春辉

党是太阳

百年征程路，万众齐高歌，党是太阳。

当时国乱，百孔千疮，南湖游船建政党。

百姓饥寒，锤子镰刀，工农奋起，

斗地主，地丈量，

人民当家做主，满脸泛霞光。

日寇侵略，小米步枪，三军奋战，

抛热血，战沙场，

金陵日本投降，心中腾曙光。

精神振奋，笔墨纸张，伟人不倦，

齐武装，世开创，

国人斗志昂扬，全民庆荣光。

三山倒，永远跟党走，

同舟共济，党引人民有主张。

江山美，共圆中国梦，

盛世东方，星火神州有希望。

◆ 崔晓玥

心灯伴我行

人生的路遥远漫长

它有时曲折黑暗，有时笔直明亮

我需要一盏明灯，照亮我前进的方向

指引我走向诗和远方

学习中得到的表扬

生活中的理解原谅

伤心时的安慰静养

受挫时的加油鼓掌

都是我心中的明灯

这些话语与情感都滋润在我的心田上

伤心时我要坚强

这样才不会再一次受伤

受挫时我要努力，这样才会不断成长

人生的路何其漫长

在这条路上会摔倒，会心伤

会与痛苦捉迷藏

但只要我心中有一盏明灯

就永远不会迷失方向

◆ 崔晓淼

让诗代我去看你

每个人心灵深处，都有一个等待的人

写诗的人用了心，读诗的人动了情

不怕韵律多跌宕，就怕诗词入了心

愿你只悟诗中意，不做诗中人

愿读诗的你

天热有风，饿了有饭

天凉有衣，孤单有诗相伴

与春天相恋

春天心花开了，带着诗情画意

轻轻掩起书卷

凝视着春天百花争艳

感悟着春心，轻贴着春面

沉迷着春天的迷人身段

沉醉于春风，曼舞于春燕

桃花盛开了梨花又轻绽

细眸着新芽，迷嗅着花瓣

心花绽放暗香飘散

请明烛一盏，把红袖香添

何不与春天来一场爱恋

笔墨纸砚的情殇

笔爱着墨矢志不渝

墨却嫁给了宣纸

还穿着字画的外衣

笔让字画使人着迷

成就了旷世的传奇

用尽了毕生心血

却给别人做了嫁衣

墨跟着纸,走遍南北东西

笔恋着墨,穿越文明世纪

因缘和合,源自文学的孕育

命中注定,成就艺术的缘起

◆ 崔益萌

我的想法

我的想法像天上的星星不计其数

我想拥有一双翅膀

让它带着我在梦想的天空尽情翱翔

我想变成一棵大树

在夏天看着调皮的孩子们

围在我的身边游戏歌唱

我想为身边的人尽自己的一份力

让他们不在为心事而忧伤

我想用自己的玩具与时光做交换

让时空多留些光阴在我身旁

我的想法像是一盏灯

在伸手不见五指的黑夜里给我光明

我的想法，在我平凡的生活中指引着我

让我在迷茫中，看到希望，找准方向

◆ 韩　萍

唐槐宋塔的思念

当微风吹过春花的浪漫

当海水吞没夏日的烈焰

是谁，给我信仰的指点

是布达拉宫，是茫茫的雪山

是雪域的阳光，是青藏高原

当秋天沦为一首诗的缱绻

当冬天铺在一堆雪上坐禅

美丽的格桑花迎着朝霞

一簇簇一层层开满我的心田

仰望仓央嘉措的信念

茫然于圣洁的宫殿

多少世四季轮回的思念

可是这晨钟暮鼓的相伴

生生不息

江河一直都在，是水永远奔流不息

天空一直都在，是云雾虹霞来又去

青山一直都在，是风霜雨雪在交替

大地一直都在，是春夏秋冬换四季

华夏一直都在，是周而复始繁衍不息

中华一直都在，是无数豪杰撑起天地

神州一直都在，是不尽英烈前赴后继

中国一直都在，是炎黄子孙生生不息

云天共秋游

岁月悠悠，心念秋

往事如歌，风月依旧

云天收夏色，木叶动秋声

时光潺潺，如水流

转身再回首，惊见秋

风吹漫天，秋落一地

再无郁闷，一扫烦愁

一路诗缘，与秋携手

叶铺满地，白云舒袖

以文会友，赏景叙旧

影清秀，如香秋

欢歌笑语庆聚首

不怕夕阳柳梢头

只待街灯照影瘦

红尘看透无所求，只和秋

清晨看朝阳，日暮牵手游

莫道桑榆晚，彩霞满天秀

直到漫山红叶秋意浓，意无休

与春天相约

时节不居，岁月无言

涓涓绿水，巍巍青山

面朝大海，春暖花开

阳光明媚，灿烂心间

束一行潮潮的文字

用真情烘干

掬一泓清泉在画心

吻一缕花香入诗田

悠悠的文字

流淌着深深的情缘

触摸记忆温暖的画卷

悄然邂逅心灵的书签

携一句岁月安然

驻足在灵魂的驿站

不负春光，不负春艳

用最妩媚的华年

与最明媚的春天

去赴一场远方浪漫的时空相伴